陈克诗词集注

［北宋］陈 克／著

马曙明／编注

西泠印社出版社

图书在版编目（CIP）数据

陈克诗词集注 /（北宋）陈克著；马曙明编注. --杭州：西泠印社出版社，2023.7
ISBN 978-7-5508-3977-9

Ⅰ.①陈… Ⅱ.①陈…②马… Ⅲ.①古典诗歌－诗集－中国－北宋②词（文学）－作品集－中国－北宋 Ⅳ.①I222.744.1②I222.844.1

中国版本图书馆CIP数据核字(2022)第258067号

陈克诗词集注
〔北宋〕陈克 著 马曙明 编注

责任编辑	周小霞 程 璐
责任出版	冯斌强
责任校对	曹 卓
装帧设计	杭州书道闻香图书有限公司
出版发行	西泠印社出版社

（杭州市西湖文化广场32号5楼 邮政编码：310014）

经 销	全国新华书店
制 版	杭州书道闻香图书有限公司
印 刷	杭州万星印务有限公司
开 本	880mm×1230mm 1/32
印 张	4.75
印 数	0001—1000册
书 号	ISBN 978-7-5508-3977-9
版 次	2023年7月第1版 第1次印刷
定 价	88.00元

《临海历史文化名城研究系列丛书》
编委会

顾问　赵　晟

编委　陈成叶　何　峰　程卫国　卢元杰

　　　马曙明　王位龙　许从伟　陈　黎

　　　陈　浩　卢志成　赵平波　何薇薇

序

二〇一〇年七月,我从南京大学博士毕业后,因缘际会,来浙东名城台州工作。台州枕山襟海,地处温、处、越、甬四州之中,雁荡、括苍、天台、四明诸山如天然屏障将其隔绝于海滨。若循明王士性之例,以地理环境审视地方风习,台州之民可分为天台、宁海、仙居之山谷之民,临海、温岭、黄岩、三门、玉环之海滨之民。山谷之民,性情如石,猛烈鸷愎,聚党负气而傲缙绅;海滨之民,餐风宿水,百死一生,闾阎与缙绅相安,官民得贵贱之中,俗尚居奢俭之半。前者可以鲁迅所赞之"台州式硬气"称之,后者则深得中华文化中庸之道,亦柔亦刚,和衷共济,而使台州文化自成"另一乾坤"。

在台州工作十余年,终日与青山绿水相伴,与众多师友共处,陶冶熙育之下,感觉自己已把台州作楚州了。其间,与临海历史文化名城研究会会长马曙明先生,因工作相近而有幸成为忘年交。

马先生极爱读书,从西方哲学到浙东戏曲,均有涉及。又因台州民间尚武之风盛行,少年时曾拜名师习武。

前几年，因参编《台州文化新论》，我邀请马先生撰写台州武术一节。虽然此前我已知他是方国珍所创缩山拳之传人，但彼时我才了解其武学修为之精深。

对于武术，他不但刻苦钻研，且常思考如何发扬光大。四十多年来，向他拜师学艺的人不计其数，其中不少人已成为各行各业之佼佼者。

马先生以弘扬台州文化为己任，二十多年前就为重建唐代名刹龙兴寺殚精竭虑，费力劳神。近年他又主笔或参与了多部作品，如《台州黑虎拳》《台州道教考》《台州文物志》《台州历代郡守辑考》《临海古城乡贤录》《台州编年史》等。

现在他又整理出版了两宋之际台州著名作家陈克的诗词集，对于当下浙江省委倡导的宋韵文化有重要的价值。

陈克，临海人，今白水洋镇松里村人（现溪岸林村）。

陈克诗今存五十余首，主要有抒发家国情怀、书写个人生活、品鉴绘画作品等数种类型。对于陈克诗歌的艺术渊源、特色及地位，历代皆有评述。宋王灼《碧鸡漫志》论两宋之际陈与义、吕本中、陈克等人词作，以为"佳处亦各如其诗"。这显然是将陈诗的成就置于词之上。南宋初台州诗学文献总集《天台集》编者李庚评陈克"诗多情致"，指出陈诗读来饶有意趣风致。元祝渊《古今事文类聚遗集》卷十一"入参谋议"称陈克："博学专用，以资为诗。"清台州太平（今温岭）学者戚学标评陈克诗云:"其诗胎原温、李,虽肉丰于骨,而文采陆离,烂焉如锦,在宋诗中另为一格。"宋魏庆之《诗人玉屑》卷八六"措意"条引许顗《许彦周诗话》云:"陈克子高作《赠别》诗云:'泪眼生憎好天色,离觞偏触病心情。'虽韩偓、温庭筠未尝措意至此。"则其诗并非独擅文采,也是高度重视构思的。从此可见陈克对传统风格的偏好,这更大程度上体现在其现存所有词都是小令,没有一首是当时文坛更为流行的慢词。

陈克的诗、词、文中,历代对其词评价最高。如陈振孙《直斋书录解题》评曰:"词格颇高丽,晏、周之流亚也。"清周济《介存斋论词杂著》评曰:"子高不甚有重名,然格韵绝高,昔人谓晏、周之流亚。晏氏父子俱非其敌;以方美成,则又拟不于伦。其温、韦高弟乎?比温则薄,比韦则悍,故当出入二氏之门。"陈廷焯《白雨斋词话》称:"陈子高词婉雅闲丽,暗合温、韦之旨。晁无咎、毛泽民、万俟雅言等,远不逮也。"李慈铭《越缦堂读书记》评曰:"清绮婉约,直接'花间',在北宋诸家中,可与永叔、子野抗行一代。虽所传不多,吾浙称此事者,莫之先矣。……(两宋词坛)以我浙而论,当首推赤城,次推庆湖。"称其为宋代浙江词家第一人,虽贺铸、周邦彦、吴文英等大家亦不能及,可谓推崇备至,无以复加。

综上可知,陈克在两宋之交的文坛上取得了不俗的成绩,是这个时期台州文学的杰出代表。马曙明先生对陈克诗词的整理与研究是台州古代文学研究的重要内容。

诚然,一个地方的文化,需要文人的诠释和发扬。由临海市历史文化名城研究会和白水洋镇人民政府组织编注的《陈克诗词集注》,对研究陈克有重要意义,期待有更多像马曙明先生这样的贤能之士,为台州文化作出更多的贡献。

台州学院人文社科处处长
南京大学中国文学批评史学科博士 高平
2023年6月

目录

陈克诗集注

江南山色 / 003
舍弟书来索近诗 / 004
谢疟鬼 / 005
阳羡春歌 / 009
游善权山留题 其一 乾洞 / 011
游善权山留题 其二 水洞 / 013
游善权山留题 其三 寺后湫水 / 015
奉题董端明渔父醉乡烧香图 其一 / 017
奉题董端明渔父醉乡烧香图 其二 / 018
奉题董端明渔父醉乡烧香图 其三 / 019
奉题董端明渔父醉乡烧香图 其四 / 020
奉题董端明渔父醉乡烧香图 其五 / 021
奉题董端明渔父醉乡烧香图 其六 / 022

奉题董端明渔父醉乡烧香图 其七 / 023
奉题董端明渔父醉乡烧香图 其八 / 024
奉题董端明渔父醉乡烧香图 其九 / 025
奉题董端明渔父醉乡烧香图 其十 / 026
奉题董端明渔父醉乡烧香图 其十一 / 027
奉题董端明渔父醉乡烧香图 其十二 / 028
奉题董端明渔父醉乡烧香图 其十三 / 029
奉题董端明渔父醉乡烧香图 其十四 / 031
大年流水绕孤村图 / 032
唐人画牡丹图 其一 / 033
唐人画牡丹图 其二 / 034
伯时四骑 / 035
观钱德尝书画 / 036
题叶硕父画卷 其一 / 037
题叶硕父画卷 其二 / 038
题张文潜画帖 其一 / 039
题张文潜画帖 其二 / 040
九月瑞香盛开 / 041
代王正平从谏掾乞画凭肩美人扇子 其一 / 042
代王正平从谏掾乞画凭肩美人扇子 其二 / 043
游谢乡 / 044
三品石 / 045
跋赵朝议江行初学图 / 046

▶ 目 录

谢曹中甫惠着色山水抹胸　　　　　　　　　　　／047

返魂梅次苏藉韵 其一　　　　　　　　　　　　／049

返魂梅次苏藉韵 其二　　　　　　　　　　　　／050

返魂梅次苏藉韵 其三　　　　　　　　　　　　／051

返魂梅次苏藉韵 其四　　　　　　　　　　　　／052

返魂梅次苏藉韵 其五　　　　　　　　　　　　／053

宁王进史　　　　　　　　　　　　　　　　　　／054

题赵次张所藏贼头子 其一　　　　　　　　　　／055

题赵次张所藏贼头子 其二　　　　　　　　　　／056

画梅花 其一　　　　　　　　　　　　　　　　／057

画梅花 其二　　　　　　　　　　　　　　　　／058

画梅花 其三　　　　　　　　　　　　　　　　／059

雪岸图　　　　　　　　　　　　　　　　　　　／060

题赵宜兴万里江山图　　　　　　　　　　　　　／061

曹夫人牧羊图　　　　　　　　　　　　　　　　／062

善财参自在天　　　　　　　　　　　　　　　　／064

陈克词集注

菩萨蛮·赤阑桥尽香街直　　　　　　　　　　　／067

菩萨蛮·柳条窣窣闲庭院　　　　　　　　　　　／068

菩萨蛮·池塘淡淡浮鸂鶒　　　　　　　　　　　／069

菩萨蛮·绿芜墙绕青苔院　　　　　　　　　　　／070

003

菩萨蛮·柳条到地莺声滑	/ 071
菩萨蛮·绿阴寂寂樱桃下	/ 072
点绛唇·曲陌春风	/ 073
鹧鸪天·风露绢绢玉井莲	/ 074
鹧鸪天·禁冒余寒酒半醒	/ 075
鹧鸪天·芳树阴阴脱晚红	/ 076
鹧鸪天·小市桥弯更向东	/ 077
鹧鸪天·柳外东风不满旗	/ 078
鹧鸪天·白苎吴侬红颊儿	/ 079
浣溪沙·浅画香膏拂紫绵	/ 080
浣溪沙·香雾空蒙堕彩蟾	/ 081
浣溪沙·淡墨花枝掩薄罗	/ 082
浣溪沙·短烛荧荧照碧窗	/ 083
浣溪沙·小院春来百草青	/ 084
浣溪沙·窗纸幽幽不肯明	/ 085
浣溪沙·罨画溪头春水生	/ 086
浣溪沙·桥北桥南新雨晴	/ 087
临江仙·枕帐依依残梦	/ 088
临江仙·四海十年兵不解	/ 089
临江仙·老屋风悲脱叶	/ 091
减字木兰花·阆风玄圃	/ 092
清平乐·枕边清血	/ 093
虞美人·踏车不用青裙女	/ 094

▶ 目录

虞美人·小山戢戢盆池浅	/ 095
虞美人·绿阴满院帘垂地	/ 096
虞美人·越罗巧画春山叠	/ 098
渔家傲·宝瑟尘生郎去后	/ 100
南歌子·凤髻飞醇酊	/ 102
南歌子·爱日烘晴书	/ 103
南歌子·午夜添红蜡	/ 105
南歌子·献鲤荣今日	/ 107
南歌子·北固烟中寺	/ 109
南歌子·云里千山暖	/ 111
南歌子·胜日萱庭小	/ 113
南歌子·画幛经梅润	/ 115
南歌子·看月凭肩怅	/ 116
好事近·寻遍石亭春	/ 117
谒金门·花满院	/ 118
谒金门·柳丝碧	/ 119
谒金门·春草碧	/ 120
谒金门·罗帐薄	/ 121
谒金门·愁脉脉	/ 122
谒金门·春寂寂	/ 123
谒金门·春漏促	/ 124
谒金门·深院静	/ 125
千秋岁·柏舟高躅	/ 126

豆叶黄·粉墙丹柱柳丝中　　　　　　　　　／128

豆叶黄·树头初日鹁鸠鸣　　　　　　　　／129

豆叶黄·秋千人散小庭空　　　　　　　　／130

摊破浣溪沙·鬉慢梳头浅画眉　　　　　　／131

西江月·捣玉扬珠万户　　　　　　　　　／132

陈克诗集注

江南山色

笔间烟雨漫愁人,
不是溪山自在春。
一段江南好风景,
夕阳花坞[1]净无尘[2]。

注释

　　[1]花坞:四周高起中间凹下的种植花木的地方。南朝梁武帝《子夜四时歌·春歌之四》:"花坞蝶双飞,柳堤鸟百舌。"
　　[2]净无尘:不着一点尘埃。唐代白居易《狂吟七言十四韵》:"性海澄渟平少浪,心田洒扫净无尘。"

舍弟书来索近诗

溪上秋风浊酒杯,白头羞见菊花开。

夫耕妇馌[1]吾将老,弟劝兄酬子不来。

霜露[2]终身思建业,云山何处是天台。

百年怀抱今如此,纵有诗成似七哀[3]。

注释

[1]妇馌:妇女往田野送饭。

[2]霜露:霜和露水,也比喻条件艰苦。南朝丘迟《与陈伯之书》:"霜露所均,不育异类;姬汉旧邦,无取杂种。"

[3]七哀:魏晋乐府的一种诗题。七哀指痛而哀、义而哀、感而哀、怨而哀、耳目闻见而哀、口叹而哀、鼻酸而哀。汉王粲、三国魏曹植、晋张载皆有《七哀诗》。

谢疟鬼[1]

皇天[2]分四时[3]，寒暑代翕张[4]。
折胶[5]与流金[6]，民生以为常。
伊坎离[7]何神，为帝司一方。
如何纵孽鬼，乘时盗阴阳。
睢盱[8]四五辈，欻[9]东西跳踉[10]。
诡秘各有名，为人作炎凉。
或燔[11]以炬火，或吹以鞴囊[12]。
初噤如立雪，俄赫如探汤[13]。
炎洲[14]抵阴壑[15]，那得在一床。
阏伯[16]追实沉[17]，左右分寇攘[18]。
须臾异冬春，裘扇安可当。
番休[19]数汗栗[20]，冰炭沸我肠。
怫郁[21]不自聊，灾疢[22]未渠央[23]。
非针艾所及，区区事祈禳[24]。

牺牲一物无,祝祠[25]甚荒唐。

殷勤谢众鬼,汝计诚未良。

汝利在呕泄,藜苋[26]焉足尝。

我贫乏钱财,调汝徒披猖[27]。

来汝岂不闻,儒生类强梁[28]。

子美[29]虽老瘦,腼颜[30]事新妆。

退之[31]稍奸黠,百药更臭香。

身病易语言,呫呫多谤伤。

吾将援此例,勉作新诗章。

诗以荣汝归,自可捐糗粮[32]。

资送于汝足,此外何所望。

汝也宁不惭,急急去我旁。

注释

[1]疟鬼:旧时迷信,谓疟疾为鬼作祟,称"疟鬼"。东汉卫宏《汉官六种·汉旧仪·补遗》:"颛顼氏有三子,生而亡去为疫鬼。一居江水为疟鬼。"唐韩愈《谴疟鬼》:"如何不肖子,尚奋疟鬼威。"

[2]皇天:苍天。《楚辞·离骚》:"皇天无私阿兮,览民德焉错辅。"

[3]四时:指春、夏、秋、冬四季。《礼记·孔子闲居》:"天有四时,春秋冬夏。"

[4]翕张:一合一开。语出《老子》:"将欲歙之,必固张之;将欲弱之,必固强之。"

[5]折胶:指秋冬时节,形容严寒。《汉书·晁错传》:"欲立威者,始于折胶。"

[6]流金:谓高温熔化金属,多形容天气酷热。晋陆机《演连珠》之四九:"是以烈火流金,不能焚景,沉寒凝海,不能结风。"

[7]坎离:水火。《周易》的两卦。

[8]睢盱:睁眼仰视。汉张衡《西京赋》:"迺辛清候,武士赫怒,缇衣韎韐,睢盱拔扈。"

[9]欻:忽然。

[10]跳踉:亦作"跳梁",犹跳跃。《淮南子·精神训》:"是养形之人也。"汉高诱注:"若此养形之人,导引其神,屈伸跳踉,是非真人之道也。"

[11]燔:焚烧。

[12]鞴囊:古代皮制的鼓风器。唐段成式《酉阳杂俎续集·支诺皋中》:"瞻率左右明炬索之,迹其血至后宇角中,见若乌革囊,大可合簣,喘若鞴囊,盖乌郎也。"

[13]探汤:探试沸水,喻炙热。《列子·汤问》:"日初出沧沧凉凉,及其日中如探汤。"

[14]炎洲:中国神话中的地名。出自汉东方朔撰的《海内十洲记》。

[15]阴壑:幽深背阳的山谷。唐宋之问《太平公主池山赋》:"阳崖夺景,阴壑生风。"

[16]阏伯:古代人名。后用为商星的别称。《左传·襄公九年》:"陶唐氏之火正阏伯居商丘,祀大火,而火纪时焉。相土因之,故商主大火。"

[17]实沈:神话里高辛氏的季子,名实沈,是参宿之神。《左传·昭公元年》:"昔高辛氏有二子,伯曰阏伯,季曰实沈。"

[18]寇攘:劫掠,侵扰。《尚书·周书·费誓》:"无敢寇攘,逾垣墙。"

[19]番休:轮流休息。三国魏曹植《求通亲亲表》:"惠洽椒房,恩昭九亲,群后百僚,番休递上。"

[20]汗栗：因恐惧而出汗。唐赵璘《因话录·商下》："思乃父为吏本县，时常畏长官汗栗。"

[21]怫郁：忧郁，心情不舒畅。《汉书·邹阳传》："太后怫郁泣血，无所发怒。"

[22]灾疢：灾恙，疾病。

[23]渠央：匆遽完结。渠，通"遽"。晋陶渊明《读〈山海经〉》之八："方与三辰游，寿考岂渠央？"

[24]祈禳：祈祷以求福除灾。

[25]祝祠：祭祀鬼神的祠庙。《史记·封禅书》："乃令越巫立越祝祠，安台无坛，亦祠天神上帝百鬼，而以鸡卜。"

[26]藜苋：藜和苋，泛指贫者所食之粗劣菜蔬。唐韩愈《崔十六少府摄伊阳以诗及书见投因酬三十韵》："三年国子师，肠肚习藜苋。"

[27]披猖：狼狈。《资治通鉴·后唐明宗天成元年》："吾奉诏讨贼，不幸部曲叛散，欲入朝自诉，又为绍荣所隔，披猖至此。"

[28]强梁：强盗的另一种称呼。

[29]子美：杜甫，字子美。

[30]腼颜：即靦颜，犹厚颜。《晋书·郗鉴传》："丈夫既洁身北面，义同在三，岂可偷生屈节，靦颜天壤邪！"

[31]退之：韩愈，字退之。

[32]糇粮：干粮。《尚书·周书·费誓》："峙乃糇粮，无敢不逮。"孔安国传："皆当储峙汝糇糒之粮，使足食。"

阳羡春歌

石亭梅花落如积,吐鲛斓斑竹茹赤。

祝陵有酒清若空,煮糯蒸鱼作寒食。

长桥新晴好天气,两市[1]儿郎棹船戏。

溪头饶鼓狂杀侬,青盖[2]红裙偶相值。

风光何处最可怜,邵家高楼白日边。

楼下游人颜色喜,溪南黄帽[3]应羞死。

三月未有二月残,灵龟[4]可信溠水干。

蓺草[5]青青促归去,短箫横笛说明年。

注释

[1]两市:唐长安城中东市、西市的合称。《新唐书·逆臣传下·秦宗权》:"全忠以槛车上送京师,两神策兵縻护。昭宗御延喜楼受俘,京兆尹曳以组练,徇两市。"

［2］青盖：青色的伞盖。宋制宰相仪仗张青色伞盖,借指高官。

［3］黄帽：船夫。宋周邦彦《蓦山溪》:"周郎逸兴,黄帽侵云水。

［4］灵龟：神龟。三国魏曹植《七启》:"假灵龟以托喻,宁掉尾于涂中。"

［5］荇草：一种水生植物。唐李郢《阳羡春歌》:"荇草青青促归去。"

游善权山留题 其一 乾洞

神仙何时开,中虚[1]仰萦盘[2]。

呀然[3]九地低[4],怪此天壤宽。

窈窅[5]辟琼户[6],璁珑[7]缀珠鬘[8]。

阴道差险绝,真形谢雕剜。

阆风[9]安在哉,突兀[10]浮云端。

天高鬼神恶,欲往良独难。

空飞遽未暇,穴处如何安。

相将三重茅,势面玄都坛。

仙田满嘉植,玉彩长阑干。

心空腹自实,宁计米盐残。

注释

[1]中虚:里面空虚。《鹖冠子·学问》:"中虚外博,虽博必虚。"

[2]萦盘:萦回。唐李白《下陵阳沿高溪三门六刺滩》:"石惊虎伏起,水状龙萦盘。"

［3］呀然：深广貌。唐韩愈《燕喜亭记》："出者突然成邱，陷者呀然成谷。"

［4］九地：地的最深处。南朝梁江淹《遂古篇》："九地之下，如有天兮。"

［5］窈窅：幽深。

［6］琼户：饰玉的门户。形容华美的居室。唐宋之问《明河篇》："复道连甍共蔽亏，画堂琼户特相宜。"

［7］璁珑：玉石碰击声。前蜀贯休《马上作》："柳岸花堤夕照红，风清襟袖辔璁珑。"

［8］珠鬘：以金、银、琉璃等珠玉串成的戴在身上作装饰的花环。

［9］阆风：山名，在昆仑之上。唐吴筠《游仙》之二十："扬盖造辰极，乘烟游阆风。"

［10］突兀：高耸的样子。唐卢照邻《南阳公集序》："逶迤绰约，如玉女之千娇；突兀峥嵘，似灵龟之孤朴。"

游善权山留题 其二 水洞

逶迤[1]步哀壑[2],局蹐[3]生微澜。

惨惨白日暮,萧萧朱夏[4]寒。

崖倾势方壮,石出水益湍。

淙流响磬瑟,突起横镆干[5]。

微踪乍渺茫,妙想忾[6]盘桓。

我今人世间,所向行路难。

如何洞宫脚,危磴[7]仍屈蟠[8]。

神伤阻独往,发竖两股酸。

了知仙凡隔,坐惜岁月残。

心违泪交堕,已去犹长叹。

注释

[1]逶迤:曲折绵延,也作"逶蛇"。《淮南子·泰族训》:"河以逶蛇故能远,山以陵迟故能高。"

［2］哀壑：凄凉冷落的深谷。唐杜甫《王兵马使二角鹰》："悲台萧瑟石巃嵷，哀壑权枒浩呼汹。"

［3］局蹐：谨慎恐惧的样子。唐刘禹锡《伤我马》："跼蹐顾望兮，顿其锁缰。"

［4］朱夏：夏季。《尔雅·释天》："夏为朱明。"三国魏曹植《槐赋》："在季春以初茂，践朱夏而乃繁。"

［5］镆干：良剑镆铘、干将的并称。《庄子·达生》："复仇者不折镆干。"

［6］忺：高兴，适意。

［7］危磴：高峻的石级山径。北周庾信《和从驾登云居寺塔》："重峦千仞塔，危磴九层台。"

［8］屈蟠：盘曲。唐杜甫《西枝村寻置草堂地夜宿赞公土室》："惆怅老大藤，沉吟屈蟠树。"

游善权山留题 其三 寺后湫水

冈峦谁穿空,脉液互吞吐。

凭虚[1]倚翠岩,发地[2]涵潼乳。

哀弦响崖寺,清镜照林坞。

萦坻骤曲折,啮石犹飞舞。

津涯[3]浩无穷,神怪传自古。

参差见坤轴[4],晃荡连水府[5]。

微生寄荒绝[6],多病厌咸苦。

永怀宅清泠,戮力事农圃。

青秧渐出水,紫笋新过雨。

无惭种秫陶[7],更似煎茶羽。

注释

[1]凭虚:凌空。南朝梁袁昂《古今书评》:"张伯英书如汉武帝爱道,凭虚欲仙。"

［2］发地：拔地而起，起自地面。南朝梁沈约《游钟山诗应西阳王教》："发地多奇岭，干云非一状。"

［3］津涯：范围，边际。唐高适《三君咏·郭代公》："代公实英迈，津涯浩难识。"

［4］坤轴：古人想象中的地轴。唐杜甫《后苦寒行》："天兵斩断青海戎，杀气南行动坤轴。"

［5］水府：指水的深处。唐姚合《庄居野行》："采玉上山巅，探珠入水府。"

［6］荒绝：邈远。汉扬雄《法言·孝至》："孝子有祭乎，有齐乎？夫能存亡形、属荒绝者，惟齐也。"

［7］秫陶：指高粱。

奉题董端明渔父醉乡烧香图 其一

处处晴沙[1]着钓纶[2],
浴凫飞鹭颇相亲。
谁知夙昔[3]风云会,
只似寻常江海人[4]。

> **注释**
>
> [1]晴沙:阳光照耀下的沙滩。唐杜甫《曲江陪郑南史饮》:"雀啄江头黄花柳,鹓鶵鸂鶒满晴沙。"
>
> [2]钓纶:钓竿上的线。唐方干《上郑员外》:"潜夫岂合干旌旆,甘棹渔舟下钓纶。"
>
> [3]夙昔:前夜。泛指昔时、往日。唐权德舆《酬李二十二兄主簿马迹山见寄》:"远郊有灵峰,夙昔栖真仙。"
>
> [4]江海人:指浪迹四方、放情江海之人。唐杜甫《赠王二十四侍御契四十韵》:"屡喜王侯宅,时邀江海人。"

奉题董端明渔父醉乡烧香图 其二

昔人爱酒复能诗,

阮籍[1]陶潜[2]盖有之。

共道尚书兼此兴,

超然异代[3]忽同时。

注释

[1]阮籍:生于210年,字嗣宗,陈留尉氏(今河南省尉氏县)人,三国时期魏国诗人,"竹林七贤"之一,卒于263年。

[2]陶潜:生于约365年,一名渊明,字元亮,浔阳柴桑(今属江西省九江市)人。东晋末到刘宋初杰出的诗人、辞赋家、散文家。被誉为"隐逸诗人之宗""田园诗派之鼻祖"。卒于427年。

[3]异代:不同时代。唐杜甫《咏怀古迹》:"怅望千秋一洒泪,萧条异代不同时。"

奉题董端明渔父醉乡烧香图 其三

斗酒百篇[1]元祐[2]初,

当时流辈[3]已萧疏[4]。

闭门日饮身强健,

得见升平[5]总不如。

> **注释**
>
> [1]斗酒百篇:饮一斗酒,作百篇诗,形容才思敏捷。唐杜甫《饮中八仙歌》:"李白斗酒诗百篇,长安市上酒家眠。"
> [2]元祐:宋哲宗赵煦的第一个年号,时间为1086—1094年。
> [3]流辈:犹侪辈,谓同辈或同一流的人。唐元稹《酬周从事望海亭见寄》:"年老无流辈,行稀足薜萝。"
> [4]萧疏:稀疏,稀少。唐唐彦谦《秋霁夜吟寄友人》:"槐柳萧疏溽暑收,金商频伏火西流。"
> [5]升平:太平。《汉书·梅福传》:"使孝武帝听用其计,升平可致。"

奉题董端明渔父醉乡烧香图 其四

子房帷幄[1]赞神谋,
晚岁疏封[2]自占留。
代邸[3]勋劳[4]今绝口,
上恩仍与醉乡侯。

注释

[1]子房帷幄:指张良运筹帷幄,决胜千里。出自西汉司马迁《史记·高祖本纪》:"夫运筹策帷幄之中,决胜于千里之外,吾不如子房。"

[2]疏封:分封。帝王把土地或爵位分赐给臣子。唐元稹《追封王蟠母李氏等》:"朕宅帝位,思弘大孝,乃诏执事,追用疏封。"

[3]代邸:指入嗣帝位的藩王的旧邸。唐皇甫冉《故齐王赠承天皇帝挽歌》:"礼盛追崇日,人知友悌恩。旧居从代邸,新陇入文园。"

[4]勋劳:功勋,功劳。《孟子·尽心上》:"挟有勋劳而问,挟故而问,皆所不答也。"

陈克诗集注

奉题董端明渔父醉乡烧香图 其五

脱靴神气迥飘飘,
平日千钟[1]奉帝尧[2]。
老子浮沉人不识,
酒垆[3]争席奈渔樵。

注释

[1]千钟:极言粮多。古以六斛四斗为一钟,一说八斛为一钟,又谓十斛为一钟。《孔子家语·致思》:"季孙之赐我粟千钟也,而交益亲。"

[2]帝尧:上古尧帝,尧是谥号,本名放勋。

[3]酒垆:卖酒处安置酒瓮的砌台。亦借指酒肆、酒店。南朝宋刘义庆《世说新语·伤逝》:"王濬冲为尚书令,着公服,乘轺车,经黄公酒垆下过。"

奉题董端明渔父醉乡烧香图 其六

老瓦盆中旋泼醅[1],
陶然[2]乐圣[3]且衔杯。
只今痛饮谁能那,
宝器恩从天上来。

注释

[1]泼醅:即酦醅,重酿未滤的酒。唐白居易《初冬月夜得长句》:"最恨泼醅新熟酒,迎冬不得共君尝。"

[2]陶然:醉乐貌。晋陶渊明《时运》:"邈邈遐景,载欣载瞩。称心而言,人亦易足。挥兹一觞,陶然自乐。"

[3]乐圣:谓嗜酒。唐李适之《罢相作》:"避贤初罢相,乐圣且衔杯。"

奉题董端明渔父醉乡烧香图 其七

黄金细字勒杯巡[1],
鱼水[2]恩私晚更亲。
但得赐田堪种秫,
向来浮议[3]不关身。

注释

[1]杯巡:指依次酌酒饮客。唐李廓《长安少年行》:"乐奏曾无歇,杯巡不暂休。"

[2]鱼水:喻关系亲密无间。唐孟郊《夜集》:"但嘉鱼水合,莫令云雨乖。"

[3]浮议:没有根据的议论。宋苏轼《谢王内翰启》:"卓尔大贤,自足以破众人之浮议。"

奉题董端明渔父醉乡烧香图 其八

相如[1]绿绮[2]有新声,

荀令[3]熏炉非故情。

曲罢空山满香雾,

飘然还上赤霄[4]行。

注释

[1]相如:司马相如。

[2]绿绮:古琴名。传闻汉代司马相如得"绿绮",如获珍宝。司马相如精湛的琴艺配上"绿绮"绝妙的音色,使"绿绮"琴名噪一时。后来,"绿绮"就成了古琴的别称。

[3]荀令:荀彧。史载荀彧伟美有仪容,好熏香,久而久之身带香气。《襄阳记》:"荀令君至人家,坐处三日香。"

[4]赤霄:极高的天空。《淮南子·人间训》:"背负青天,膺摩赤霄。"晋葛洪《抱朴子·守塉》:"鹍鹏戾赤霄以高翔,鹎鸽傲蓬林以鼓翼。"

奉题董端明渔父醉乡烧香图 其九

琴心[1]非佛亦非仙,
座下弦歌[2]万二千。
一瓣香[3]中谁会得,
要须灵刹[4]散花天。

注释

[1]琴心:琴声表达的情意。《史记·司马相如列传》:"是时,卓王孙有女文君新寡,好音,故相如缪与令相重,而以琴心挑之。"

[2]弦歌:依琴瑟而咏歌。《周礼·春官·小师》:"小师掌教鼓鼗、祝、敔、埙、箫、管、弦、歌。"郑玄注:"弦,谓琴瑟也。歌,依咏诗也。"

[3]一瓣香:犹一炷香。用点燃的一炷香表达心中的虔诚。多用来表示对老师的崇敬,后以"一瓣香"指师承或仰慕某人。宋陈师道《观宠文忠公家六一堂图书》:"向来一瓣香,敬为曾南丰。"

[4]灵刹:佛寺。唐王勃《广州宝庄严寺舍利塔碑》:"护持灵刹庄严宝塔。"

奉题董端明渔父醉乡烧香图 其十

君王猎罢载熊罴，
锡壤[1]分茅[2]合霸齐。
邑有鱼盐太多事，
翛然何似钓璜溪[3]。

注释

[1]锡壤：分封土地。汉王褒《圣主得贤臣颂》："剖符锡壤而光祖考，传之子孙，以资说士。"

[2]分茅：分封王侯。古代分封诸侯，用白茅裹着泥土授予被封者，象征授予土地和权力，谓之"分茅"。《晋书·八王传赞》："有晋郁兴，载崇藩翰，分茅锡瑞，道光恒典。"

[3]钓璜溪：相传周吕尚曾钓于渭之滨，因指渭河。唐苏颋《扈从温泉同紫微黄门群公泛渭川得齐字》："近临钓石地，遥指钓璜溪。"

奉题董端明渔父醉乡烧香图 其十一

倾吴[1]佐越[2]早经纶[3]，
朝市[4]风波猛乞身。
不道五湖[5]春浪急，
篷窗[6]还有捧心人[7]。

注释

[1]倾吴：指"西施倾吴"，君主耽于女色，导致国亡身败。参见《吴越春秋》。

[2]佐越：辅佐越国。

[3]经纶：整理蚕丝，比喻筹划、处理国家大事。也指治理国家的抱负和才能。《礼记·中庸》："唯天下至诚，为能经纶天下之大经，立天下之大本，知天地之化育。"

[4]朝市：泛指名利之场。晋陶渊明《感士不遇赋》："拥孤襟以毕岁，谢良价于朝市。"

[5]五湖：即太湖；一说泛指太湖流域一带所有的湖泊。《吴越春秋》卷十：越灭吴，范蠡"乃乘舟出三江，入五湖，人莫知其所适"。

[6]篷窗：船窗。

[7]捧心人：指西施。西施患有心疾，常用手捂胸口。唐柳宗元《重赠二首》："世上悠悠不识真，姜芽尽是捧心人。"

奉题董端明渔父醉乡烧香图 其十二

志和[1]渔隐[2]古仙真,
霅水[3]风流见后身。
蓑笠何须访图画,
貂蝉凛凛在麒麟。

注释

[1]志和:张志和(732—774),字子同,初名龟龄,号玄真子,祖籍婺州金华(今浙江省金华市),唐代诗人。

[2]渔隐:古时文人高士常将隐逸与渔钓相结合,以渔父的身份寄托投身山水、享受自由之乐的人生理想。代表人物是张志和,其《渔歌子》:"青箬笠,绿蓑衣,斜风细雨不须归。"

[3]霅水:即霅溪,在今浙江省湖州市。南朝梁顾野王《舆地志》:"霅水亦若水之异名也,水深不可测。俗谓之霅水。"唐孟郊《湖州取解述情》:"霅水徒清深,照影不照心。"

奉题董端明渔父醉乡烧香图 其十三

雷泽[1]田渔[2]翊[3]圣明，
射蛟[4]南幸[5]见升平。
稍分天汉[6]昭回象，
更和江湖欸乃声[7]。

注释

[1]雷泽：本名雷夏泽。据说故址在今河南范县濮城镇和山东鄄城境内。《史记·五帝本纪》："舜耕历山，渔雷泽。"

[2]田渔：耕田、捕鱼和打猎。《汉书·律历志下》："'太昊帝'作罔罟以田渔，取牺牲，故天下号曰炮牺氏。"

[3]翊：辅佐，帮助。

[4]射蛟：指汉武帝射获江蛟事。《汉书·武帝纪》："元封五年冬，行南巡狩……自寻阳浮江，亲射蛟江中，获之。"

[5]南幸：指帝王由北向南巡幸。

[6]天汉:天河,银河。唐张籍《秋夜长》:"秋天如水夜未央,天汉东西月色光。"

[7]欸乃:象声词,摇橹声。唐柳宗元《渔翁》:"烟销日出不见人,欸乃一声山水绿。"

奉题董端明渔父醉乡烧香图 其十四

风烟回首钓鱼台[1],
巾褐[2]从容小殿[3]开。
自是玉皇香案吏[4],
外边休奏客星[5]来。

注释

[1]钓鱼台:位于浙江省桐庐县富春江滨,因东汉严子陵隐居于此垂钓得名。严子陵,名光,字子陵,东汉初年隐士。

[2]巾褐:头巾和褐衣,古代平民的服装。《三国志·吴志·薛莹传》:"特蒙招命,拯擢泥污,释放巾褐,受职剖符。"

[3]小殿:宋朝皇帝与臣僚进行非常规性面对面交流的地方。

[4]香案吏:指宫廷中随侍帝王的官员。唐元稹《以州宅夸于乐天》:"我是玉皇香案吏,谪居犹得住蓬莱。"

[5]客星:特指东汉隐士严子陵。《后汉书·严光传》:"因共偃卧,光以足加帝腹上。明日,太史奏客星犯御坐甚急。帝笑曰'朕故人严子陵共卧耳'。"

大年流水绕孤村图

少游一觉扬州梦[1],
自作清歌[2]自写成。
流水寒鸦[3]总堪画,
细看疑有断肠声。

注释

[1]扬州梦:唐杜牧《遣怀》:"十年一觉扬州梦,赢得青楼薄幸名。"杜牧随牛僧孺出镇扬州,尝出入娼楼,后分务洛阳,追思感旧,谓繁华如梦,故云。后用为感怀之典实。

[2]清歌:无乐器伴奏的歌唱。汉张衡《思玄赋》:"双材悲于不纳兮,并咏诗而清歌。"

[3]寒鸦:寒天的乌鸦,受冻的乌鸦。唐王昌龄《长信秋词》之三:"玉颜不及寒鸦色,犹带昭阳日影来。"

唐人画牡丹图 其一

重楼[1]杰阁[2]上烟霞，
戟带[3]飘飘护翠华[4]。
侍女番休[5]春醉着，
不知野鹿犯宫花[6]。

注释

　　[1]重楼：层楼。南朝梁何逊《登禅冈寺望和虞记室》："北窗北溱道，重楼雾中出。"
　　[2]杰阁：高阁。唐韩愈《记梦》："隆楼杰阁磊觉高，天风飘飘吹我过。"
　　[3]戟带：系在戟上的带子。唐温庭筠《夜宴谣》："飘飘戟带俨相次，二十四枝龙画竿。"
　　[4]翠华：为御车或帝王的代称。唐陈鸿《长恨歌传》："潼关不守，翠华南幸。"
　　[5]番休：轮流休息。三国魏曹植《求通亲亲表》："惠洽椒房，恩昭九亲，群后百僚，番休递上。"
　　[6]宫花：皇宫庭苑中的花木。唐李白《宫中行乐词》之五："宫花争笑日，池草暗生春。"

唐人画牡丹图 其二

残红通白及时开，
不费君王羯鼓催[1]。
玉笛重拈天一笑，
外边蜂蝶等闲来[2]。

注释

[1]羯鼓催：敲击羯鼓，使杏花早开。羯鼓指两面蒙皮、腰部较细的一种鼓。唐南卓《羯鼓录》载唐玄宗好羯鼓，自制《春光好》一曲，临窗击鼓而柳杏吐蕊的故事。

[2]等闲：轻易，随便。唐白居易《新昌新居》："等闲栽树木，随分占风烟。"

伯时四骑

弱毫[1]寸纸有余地,
如见天闲[2]八尺龙[3]。
坐想时危[4]真致此,
两军旗鼓噪西风。

注释

[1]弱毫:指毛笔。晋陶渊明《答庞参军》:"物新人惟旧,弱毫多所宣。"

[2]天闲:皇帝养马的地方。宋梅尧臣《伤马》:"况本出天闲,因之重怊怅。"

[3]八尺龙:称骏马。宋苏轼《闻洮西捷报》:"汉家将军一丈佛,诏赐天池八尺龙。"

[4]时危:不安宁的时世。唐韩偓《赠易卜崔江处士》:"白首穷经通秘义,青山养老度危时。"

观钱德尝书画

临池[1]竞赏无心笔,
破产新酬没骨花[2]。
老子眼寒俱不识,
劳君煎点入香茶。

注释

[1]临池:指临池学书。《晋书·卫恒传》:"汉兴而有草书……弘农张伯英者,因而转精甚巧。凡家之衣帛,必书而后练之。临池学书,池水尽黑。"

[2]没骨花:北宋徐崇嗣画花卉,仅用彩色描绘,不加勾勒,谓之"没骨花"。

题叶硕父画卷 其一

扁舟[1]欲向山阴[2]去,

端为林泉[3]作此行。

不独卷中携栗里[4],

还于句里得渊明[5]。

注释

　　[1]扁舟:小舟。唐王昌龄《卢溪主人》:"武陵溪口驻扁舟,溪水随君向北流。"
　　[2]山阴:旧县名。治今浙江省绍兴市。
　　[3]林泉:指文人雅士的隐居之地。《旧唐书·隐逸传·崔觐》:"为儒不乐仕进,以耕稼为业……夫妇林泉相对,以啸咏自娱。"
　　[4]栗里:地名。在今江西省九江市西南。晋陶渊明曾居于此。唐白居易《访陶公旧宅》:"柴桑古村落,栗里旧山川。"
　　[5]渊明:陶渊明。

题叶硕父画卷 其二

风烟幻出元晖[1]画,
林壑天然硕父诗。
只似无心云出岫,
轮囷[2]萧索更多姿。

注释

[1]元晖：米友仁(1074—1153)，一名尹仁，字元晖，晚号懒拙老人，山西太原人。宋朝画家，系北宋画家米芾长子，世称"小米"。

[2]轮囷：盘曲。《文选·邹阳·狱中上书自明》："蟠木根柢，轮囷离奇。"李善注引张晏曰："轮囷离奇，委曲盘戾也。"

题张文潜画帖 其一

此老从来马如狗[1],
却笑蹇驴[2]难朝天。
聊尔据鞍[3]犹觅句[4],
想知行处似乘船。

注释

[1]马如狗:骑的马如狗一般瘦小。唐李贺《开愁歌》:"衣如飞鹑马如狗,临歧击剑生铜吼。"

[2]蹇驴:跛蹇弩弱的驴子。前蜀杜光庭《虬髯客传》:"忽有一人,中形,赤髯如虬,乘蹇驴而来。"

[3]据鞍:跨着马鞍。《周书·儒林传·樊深》:"朝暮还往,常据鞍读书,至马惊坠地,损折支体,终亦不改。"

[4]觅句:指诗人构思、寻觅诗句。唐杜甫《又示宗武》:"觅句新知律,摊书解满床。"

题张文潜画帖 其二

官曹[1]文书堆满床,
愦愦[2]度日孤昼长。
安得如彼二三子,
抱琴挟策[3]置我旁。

注释

[1]官曹:官吏办事机构。《东观汉记·光武纪》:"述(公孙述)伏诛之后,而事少闲,官曹文书减旧过半。"北齐颜之推《颜氏家训·书证》:"若文章著述,犹择微相影响者行之,官曹文书,世间尺牍,幸不违俗也。"

[2]愦愦:烦闷,忧愁。汉焦赣《易林·讼之升》:"愦愦不悦,忧从中出。"

[3]挟策:手拿书本。宋苏轼《次韵王郎子立风雨有感》:"后生不自牧,呻吟空挟策。"

九月瑞香盛开

宣和殿[1]里春风早,
红锦薰笼[2]二月时。
流落人间真善事,
九秋[3]霜露却相宜。

注释

[1]宣和殿:宋时宫殿名。宋王庭珪《题宣和御画》:"宣和殿后新雨晴,两鹊飞来向东鸣。"

[2]薰笼:放在炭盆上的竹罩笼,古代一种烘烤和取暖的用具,可熏香、熏衣、熏被。

[3]九秋:九月深秋。唐陆龟蒙《秘色越器》:"九秋风露越窑开,夺得千峰翠色来。"

代王正平从谏掾乞画凭肩美人扇子 其一

道人已悟孩提事，
弃掷泥儿[1]坏纸鸢。
闻道近来都识破，
丹青便面[2]亦轻捐。

注释

[1]泥儿：小泥人，这里指陶俑。晋葛洪《神仙传·蓟子训》："棺中唯有一泥儿，长六七寸。"

[2]便面：扇子的一种。《汉书·张敞传》："自以便面拊马"。颜师古注："便面，所以障面，盖扇之类也。不欲见人，以此自障面，则得其便，故曰便面，亦曰屏面。"后亦泛指扇面。

代王正平从谏掾乞画凭肩美人扇子 其二

难陀[1]已幻登伽女[2],
童子犹参苏密多[3]。
正士[4]逡巡[5]不应受,
可能分供病维摩[6]。

注释

[1]难陀:阿难,释迦牟尼之堂弟。

[2]登伽女:古印度摩登伽种女子。《楞严经》卷一:"阿难因乞食次,经历淫室,遭大幻术,摩登伽女以娑毗迦罗梵天咒,摄入淫席。淫躬抚摩,将毁戒体。"

[3]苏密多:五百罗汉第三十八尊伐苏密多尊者。

[4]正士:梵语"菩萨"的又一译名,谓求正道之大士。

[5]逡巡:因为有所顾虑而徘徊不前或退却。

[6]病维摩:《维摩经·文殊师利问疾品》载,佛在毗耶离城庵摩罗园,城中五百长者子至佛所请说法时,居士维摩诘故意称病不往。佛遣舍利弗及文殊师利等问疾。文殊问:"居士是疾何所因起?"维摩诘答曰:"一切众生病,是故我病;若一切众生得不病者,则我病灭。"后用"维摩病"谓佛教徒生病。

游谢乡

雨里落帆游谢乡,
寒声[1]古木共荒凉。
四山为我洗苍玉[2],
况有故人归上方。

注释

[1]寒声:寒冬的声响,如风声、雨声、鸟鸣声等。唐朱邺《扶桑赋》:"巨影倒空而漠漠,寒声吹夜以飕飕。"

[2]苍玉:青绿色玉石。《山海经·北山经》:"又东南三百二十里,其上多苍玉,多金,其下多黄垩,多湟石。"

三品石

临春结绮[1]今何在,
屹立巉巉终不改。
可怜江总负君恩,
白头仍作北朝臣。

注释

[1]临春结绮:南朝陈后主修建的两座楼阁名。后用以泛指历史上豪华的楼阁建筑。《陈书·皇后传·张贵妃》:"至德二年,乃于光照殿前起临春、结绮、望仙三阁。阁高数丈,并数十间,其窗牖壁带悬楣栏槛之类,并以沉檀香木为之,又饰以金玉,间以珠翠,外施珠帘,内有宝床宝帐。其服玩之属,瑰奇珍丽,近古所未有。"

跋赵朝议江行初学图

我本孤舟[1]蓑笠翁,
云崖[2]烟树一生中。
如今不向江湖去,
斗舰[3]旌旗[4]照水红。

注释

[1]孤舟:孤独的船。唐柳宗元《江雪》:"千山鸟飞绝,万径人踪灭。孤舟蓑笠翁,独钓寒江雪。"

[2]云崖:高入云霄的悬崖,形容山之险。唐郭元超《水藻赋》:"云崖委溜,风壑鸣泉。"

[3]斗舰:战船。《三国志·吴志·周瑜传》:"刘表治水军,蒙冲斗舰,乃以千数。"

[4]旌旗:旗帜的总称。《周礼·春官·司常》:"凡军事,建旌旗。"

谢曹中甫惠着色山水抹胸

曹郎[1]富天巧,发思[2]绮纨[3]间。
规模宝月团[4],浅淡分眉山[5]。
丹青缀锦树,金碧罗烟鬟[6]。
炉峰[7]香自涌,楚云杳难攀。
政宜林下风[8],妙想非人寰。
飘萧[9]河官步,罗抹陵九关。
我家老孟光[10],刻画非妖娴[11]。
绣凤褐颠倒,锦鲸弃榛菅[12]。
忍将漫汗泽[13],败此修连娟。
缄藏[14]寄书篆,晓梦生斓斑[15]。

注释

[1]曹郎:指曹中甫。
[2]发思:生发心思之意。南朝宋鲍照《秋夕诗》:"虑涕拥心用,夜默发思机。"

[3]绮纨:华丽的丝织品。《后汉书·王符传》:"且其徒御仆妾,皆服文组彩牒,锦绣绮纨,葛子升越,筒中女布。"

[4]宝月团:圆时月亮。唐鲍溶《怀惠明禅师》:"雪山世界此凉夜,宝月独照琉璃宫。"

[5]眉山:女子双眉。《西京杂记》卷二:"文君(卓文君)姣好,眉色如望远山。"后因以"眉山"形容女子秀丽的双眉。唐韩偓《生查子》:"绣被拥轻寒,眉山正愁绝。"

[6]烟鬟:妇女的鬟发。亦形容鬟发美丽。唐韩愈《题炭谷湫祠堂》:"祠堂像俨真,擢玉纤烟鬟。"

[7]炉峰:庐山香炉峰的省称。隋炀帝《与峰顶寺僧书》:"炉峰香气,烟霞共远。"

[8]林下风:林下指幽僻之境;风指风度。指女子态度娴雅、举止大方。南朝宋刘义庆《世说新语·贤媛》:"王夫人(谢道韫)神情散朗,故有林下风气。"

[9]飘萧:飘逸潇洒。唐白居易《筝》:"云髻飘萧绿,花颜旖旎红。"

[10]孟光:字德曜,东汉扶风人,梁鸿之妻,与梁鸿为同乡,以德行见称。举案齐眉的典故就出自二人。

[11]妖娴:闲雅。唐柳宗元《酬韶州裴曹长使君寄道州吕八大使》:"空劳慰憔悴,妍唱剧妖娴。"

[12]榛菅:丛生的茅草。唐韩愈《雪后寄崔二十六丞公》:"称多量少鉴裁密,岂念幽桂遗榛菅。"

[13]泽:汗衣,内衣。《诗·秦风·无衣》:"岂曰无衣?与子同泽。"

[14]缄藏:封存。前蜀杜光庭《蜀王仙都醮山词》:"辍鹤洞缄藏之本,为人天宗奉之经。"

[15]斓斑:色彩错杂。唐李贺《河南府试十二月乐词·九月》:"露花飞飞风草草,翠锦斓斑满层道。"

返魂梅次苏藉韵 其一

谁道春归无觅处，
眠斋香雾[1]作春昏。
君诗似说江南信，
试与梅花招断魂[2]。

注释

[1]香雾：香气。南朝梁刘孝标《送橘启》："南中橙甘，青鸟所食。始霜之旦，采之风味照座，劈之香雾噀人。"

[2]断魂：销魂神往，形容一往情深或哀伤。唐宋之问《江亭晚望》："望水知柔性，看山欲断魂。"

返魂梅次苏藉韵 其二

花开莫奏伤心曲,
花落休矜[1]称面妆[2]。
只忆梦为蝴蝶去,
香云密处有春光。

注释

　　[1]休矜:不要夸。唐杜甫《承闻河北诸道节度入朝欢喜口号绝句十二首》:"燕赵休矜出佳丽,宫闱不拟选才人。"
　　[2]面妆:古代妇女面部的妆饰。唐杜甫《负薪行》:"面妆首饰杂啼痕,地褊衣寒困石根。"

返魂梅次苏藉韵 其三

老夫粥后惟耽睡[1],
灰暖香浓百念消。
不学朱门贵公子,
鸭炉[2]烟里逞风标[3]。

注释

　　[1]耽睡:专心睡觉。宋苏辙《试院唱酬十一首其五观试进士呈试官》:"老病方耽睡,飞沉一梦中。"
　　[2]鸭炉:古代熏炉名。形制作鸭状,故名。
　　[3]风标:风度,品格。唐杨炯《和刘长史答十九兄》:"风标自落落,文质且彬彬。"

返魂梅次苏藉韵 其四

鼻根[1]无奈重烟绕，

偏处春随夜色匀。

眼里狂花开底事[2]，

依然看作一枝春。

注释

[1]鼻根：为鼻梁上端两眶之间的部分。

[2]底事：何事。唐刘肃《大唐新语·酷忍》："天子富有四海，立皇后有何不可，关汝诸人底事，而生异议！"

返魂梅次苏藉韵 其五

漫道君家四壁空,
衣篝[1]沉水[2]晚朦胧。
诗情似被花相恼,
入我香奁[3]境界中。

注释

[1]衣篝:衣熏笼。宋周邦彦《浣沙溪·黄钟》之二:"金屋无人风竹乱,衣篝尽日水沉微。"
[2]沉水:指沉香。宋李清照《菩萨蛮》:"沉水卧时烧,香消酒未消。"
[3]香奁:妇女妆具,盛放香粉、镜子等物的匣子。南唐李煜《挽辞》:"玉笥犹残药,香奁已染尘。"

宁王进史

上林风暖脊令[1]飞,
玉带[2]花骢[3]侍宴归。
汗简[4]不知天上事,
至尊新纳寿王妃。

注释

[1]脊令:亦作"脊鸰",即鹡鸰,水鸟名。《诗·小雅·常棣》:"脊令在原,兄弟急难。"

[2]玉带:饰玉的腰带。古代贵官所用。《宋史·舆服志五》:"太平兴国七年正月,翰林学士承旨李昉等奏曰:'奉诏详定车服制度,请从三品以上服玉带,四品以上服金带。'"

[3]花骢:即五花马。唐杜甫《骢马行》:"邓公马癖人共知,初得花骢大宛种。"

[4]汗简:竹简,古代用来书写文字的竹片,亦借指著述。北周庾信《预麟趾殿校书和刘仪同》:"子云犹汗简,温舒正削蒲。"

题赵次张所藏贼头子 其一

扬鞭指点万貔貅[1],
打取卢龙[2]十四州。
烦君为发禄山[3]冢,
看我快饮月氏[4]头。

注释

[1]貔貅:神话传说中的一种凶猛的瑞兽。《史记·五帝本纪》:"轩辕教熊罴貔貅䝙虎,以与炎帝战于阪泉之野。"
[2]卢龙:边城,边疆。唐卢汝弼《和青秀才边庭四时怨》:"卢龙塞外草初肥,雁乳平芜晓不飞。"
[3]禄山:安禄山(703—757),唐营州柳城(今辽宁省朝阳市)人。唐朝时期藩镇、叛臣。
[4]月氏:大月氏,古代游牧民族。

题赵次张所藏贼头子 其二

龙章凤姿[1]世不乏,
束手无奈于此思。
丹青王会[2]何须尔,
颈血淋漓送藁街[3]。

注释

[1]龙章凤姿:龙的文采,凤凰的姿容,比喻风采出众。南朝宋刘义庆《世说新语·容止》刘孝标注:"康长七尺八寸,伟容色,土木形骸,不加饰厉,而龙章凤姿,天质自然。"

[2]王会:旧时诸侯、四夷或藩属朝贡天子的聚会。唐魏徵《奉和正日临朝应诏》:"庭实超王会,广乐盛钧天。"

[3]藁街:汉时街名,在长安城南门内,为属国使节馆舍所在地,借指京师。晋陆机《饮马长城窟行》:"振旅劳归士,受爵藁街传。"

画梅花 其一

溪路[1]模糊半山雪,
暗淡寒梅一枝月。
醉眸无处认冰姿[2],
两袖香风更愁绝[3]。

注释

[1]溪路:溪谷边的路,溪水之路。唐张九龄《赴使泷峡》:"溪路日幽深,寒空入两嵚。"

[2]冰姿:淡雅的姿态。宋苏轼《木兰花令·梅花》:"玉骨那愁瘴雾,冰姿自有仙风。"

[3]愁绝:极端忧愁。唐杜甫《自京赴奉先县咏怀五百字》:"沉饮聊自遣,放歌颇愁绝。"

画梅花 其二

长恨[1]飘零如楚云,
梦中犹记好精神。
忽逢冷艳冰绡上,
叹息侯家[2]占好春。

注释

[1]长恨:遗恨。南朝宋鲍照《代东门行》:"长歌欲自慰,弥起长恨端。"
[2]侯家:犹侯门,指显贵人家。

画梅花 其三

误人吹裂柯亭笛[1],

岂有残英落绮席[2]。

始信寿阳[3]人写真,

不知江南近消息。

注释

[1]柯亭笛:传为汉蔡邕用柯亭竹所制的笛子,后泛指美笛,也比喻良才。《晋书·桓伊传》:"桓伊善音乐,尽一时之妙,为江左第一。有蔡邕柯亭笛,常自吹之。"

[2]绮席:华丽的席具。古人称坐卧之铺垫用具为席。唐皇甫松《天仙子》:"刘郎此日别天仙,登绮席,泪珠滴,十二晚峰高历历。"

[3]寿阳:寿阳公主,南朝宋武帝女。相传梅花落其额上,人以为美,而出现寿阳妆。

雪岸图

大年貌得寒江雪[1],
凫雁[2]沙头[3]野彴[4]微。
个里有诗谁会得,
情知不道一蓑归。

注释

[1] 寒江雪：被大雪覆盖的寒冷江面。唐柳宗元《江雪》："孤舟蓑笠翁，独钓寒江雪。"

[2] 凫雁：野鸭与大雁。唐储光羲《观竞渡》："下怖鱼龙起，上惊凫雁回。"

[3] 沙头：沙滩边，沙洲边。南唐冯延巳《临江仙》："隔江何处吹横笛？沙头惊起双禽。"

[4] 野彴：野外小桥。唐刘禹锡《裴祭酒尚书见示春归城南青松坞别墅寄王左丞高侍郎之什命同作》："野彴渡春水，山花映岩扉。"

题赵宜兴万里江山图

惨淡何人画,飘飘万里心。
云轻春树暗,日落暮江深。
细酌[1]渊明酒,仍弹子贱琴[2]。
知公湖海气,对此益骎骎[3]。

注释

[1]细酌:简单的小酌。

[2]子贱琴:宓子贱,春秋时鲁国人。名不齐,字子贱,孔子弟子。曾为单父宰,弹琴而治。唐杜甫《夏日杨长宁宅送崔侍御常正字入京》:"醉酒扬雄宅,升堂子贱琴。"

[3]骎骎:迅疾的样子。原指马疾速奔驰。晋陆机《挽歌》之一:"翼翼飞轻轩,骎骎策素骐。"

曹夫人牧羊图

日长永巷[1]车音细,插竹洒盐[2]纷妒恃。

美人零落泾水寒,两鬓风鬟[3]一挥涕。

柔毛角觡与人群,儿女恩怨徒纷纷。

洞房那复知许事,但画远牧连空云。

槲叶飘萧晚风劲,羖䍽[4]相追寒鹊并。

短童[5]何处沙草深,族走群飞各天性。

向来鞍马曹将军,文采班班[6]今尚存。

林下夫人更超绝,新图不作五花文。

注释

[1]永巷:宫中长巷。《史记·范雎蔡泽列传》:"于是范雎乃得见于离宫,详为不知永巷而入其中。"

[2]插竹洒盐:《晋书·后妃传上·胡贵嫔》:"(武)帝多内宠,平吴之后复纳孙皓宫人数千,自此掖庭殆将万人,而并宠者甚众。帝莫知所适,

常乘羊车,恣其所之,至便宴寝。宫人乃取竹叶插户,以盐汁洒地,而引帝车。"

[3]凤鬘:指女子美丽的头发。宋苏轼《洞庭春色赋》:"携佳人而往游,勒雾鬟与凤鬘。"

[4]羖䍽:一种勇悍的羊。

[5]短童:儿童。宋曾几《投壶全中戏成》:"旁观诋敢当勍敌,俯拾无劳命短童。"

[6]班班:明显,显著。《后汉书·文苑传下·赵壹》:"余畏禁,不敢班班显言,窃为《穷鸟赋》一篇。"李贤注:"班班,明貌。"

善财参自在天

善财[1]得法犹儿子,
工巧仍参自在天[2]。
若悟菩提[3]同戏事,
不应缚律[4]更枯禅[5]。

注释

[1]善财:亦称"善财童子",佛教菩萨之一。《华严经·入法界品》所说的求道者。

[2]自在天:为佛教之守护神,住在色界之顶,为三千大千世界之主,在三千界中得大自在。参见《佛学大辞典》。

[3]菩提:是梵文的音译,意思是觉悟、智慧。

[4]缚律:困扰,约束。宋黄庭坚《次韵答王韵中》:"有身犹缚律,无梦到行云。"

[5]枯禅:佛教称静坐参禅为枯禅。

陈克词集注

菩萨蛮·赤阑桥尽香街直

赤阑桥[1]尽香街[2]直,笼街细柳娇无力。金碧[3]上青空,花晴帘影红。

黄衫[4]飞白马,日日青楼下。醉眼[5]不逢人,午香[6]吹暗尘[7]。

注释

[1]赤阑桥:桥名。位于今安徽省合肥市包河区。
[2]香街:指繁华的街道。
[3]金碧:金黄和碧绿的颜色。
[4]黄衫:指少年。唐杜甫《少年行》之二:"黄衫年少来宜数,不见堂前东逝波。"
[5]醉眼:醉后迷糊的眼睛。
[6]午香:旧俗阴历五月每日中午用以祭祀的香。
[7]暗尘:积累的尘埃。

菩萨蛮·柳条窣窣闲庭院

柳条窣窣[1]闲庭院,锦波绣浪[2]春风转。红日上阑干,晚来花更寒。

绿檀金隐起,翠被[3]香烟里。幽恨有谁知?空梁落燕泥[4]。

注释

[1]窣窣:形容细小的声音。

[2]锦波绣浪:风里飘动着的柳丝像绿色波浪。

[3]翠被:绣有翡翠纹饰的被子。南朝梁简文帝《绍古歌》:"网户珠缀曲琼钩,芳茵翠被香气流。"

[4]空梁落燕泥:空了的屋梁上落满了燕子筑巢的泥土。隋薛道衡《昔昔盐》:"暗牖悬蛛网,空梁落燕泥。"

菩萨蛮·池塘淡淡浮鸂鶒

池塘淡淡浮鸂鶒[1]，杏花吹尽垂杨碧。天气度清明，小园新雨晴。

绿窗描绣罢，笑语酴醾[2]下。围坐赌青梅，困从双脸[3]来。

注释

[1]鸂鶒：亦作"鸂鶆"，水鸟名。形大于鸳鸯，而多紫色，好并游，俗称紫鸳鸯。《临海异物志》："鸂鶒，水鸟，毛有五彩色，食短狐。"

[2]酴醾：花名。本酒名，以花颜色似之，故取以为名。

[3]双脸：两颊。

菩萨蛮·绿芜墙绕青苔院

绿芜[1]墙绕青苔院,中庭日淡芭蕉卷。蝴蝶上阶飞,烘帘[2]自在垂。

玉钩[3]双语燕,宝甃[4]杨花转。几处簸钱[5]声,绿窗春睡轻。

注释

[1]绿芜:遍地茂生的乱草,常用来形容荒凉的景象。

[2]烘帘:暖帘,冬天挂的棉门帘。宋周邦彦《早梅芳·牵情》:"微呈纤履,故隐烘帘自嬉笑。"

[3]玉钩:玉制的挂钩,亦为挂钩的美称。南唐李璟《摊破浣溪沙》:"手卷真珠上玉钩,依前春恨锁重楼。"

[4]宝甃:井壁的美称。

[5]簸钱:唐宋间流行的一种赌博游戏,玩者持钱在手,两手相扣,来回颠簸,然后依次摊开,让人猜其反正,以中否决胜负,赌输赢。唐王建《宫词》:"暂向玉华阶上坐,簸钱赢得两三筹。"

菩萨蛮·柳条到地莺声滑

柳条到地莺声滑,鸳鸯睡稳清沟阔。九曲转朱阑[1],花深人对闲。

日长刀尺[2]罢,试屐樱桃下。鬌髻玉钗风,云轻线脚[3]红。

注释

[1]朱阑:同"朱栏"。《宋史·舆服志一》:"四面拱斗,外施方镜,九柱围以朱阑,中设御坐。"

[2]刀尺:剪刀和尺,裁剪工具。

[3]线脚:针脚,谓针线缝物之迹。

菩萨蛮·绿阴寂寂樱桃下

绿阴寂寂[1]樱桃下,盆池[2]劣照蔷薇架。帘影假山前,映阶红叶翻。

芭蕉笼碧砌[3],猧子[4]中庭睡。香径[5]没人来,拂墙花又开。

> 注释
>
> [1]寂寂:形容寂静。
> [2]盆池:埋盆于地,引水灌注而成的小池,用以种植供观赏的水生花草。
> [3]碧砌:青石台阶。
> [4]猧子:小狗。
> [5]香径:花间小路。

点绛唇·曲陌春风

曲陌[1]春风,谁家姊妹同墙看?映花烘暖[2],困入茸茸[3]眼。

细马轻衫[4],倚醉偷回面[5]。垂杨转,坠鞭[6]挥扇,白地[7]肝肠断。

注释

[1]曲陌:曲折的道路。
[2]烘暖:温暖。
[3]茸茸:朦朦胧胧。
[4]细马轻衫:指骑马的少年郎。
[5]回面:指转过脸。
[6]坠鞭:唐传奇《李娃传》中的郑生迷恋名妓李娃的秀丽姿色,过李宅时借"坠鞭"为由得以注视李娃。后因用作倾慕女性的典故,也借咏风流艳事。
[7]白地:指没有收获。

鹧鸪天·风露绢绢玉井莲

风露绢绢[1]玉井[2]莲,霓旌[3]绛节[4]会中元。鬟头[5]未学功名晚,金紫[6]由来称长年。

青作穗,酒如泉,蓬莱方丈[7]自飞仙。黄麻敕[8]胜长生箓[9],早送夔龙[10]到日边。

注释

[1]绢绢:就像风吹动丝绸缓缓、柔柔地流动。

[2]玉井:井的美称。

[3]霓旌:缀有五色羽毛的旗帜。

[4]绛节:传说中上帝或仙君的一种仪仗。

[5]鬟头:鬟角。

[6]金紫:指金印紫绶,借指高官显爵。

[7]蓬莱方丈:据《史记》等典籍记载,东海之上有三座仙山,名曰"蓬莱、方丈、瀛洲"。

[8]黄麻敕:古代诏书用纸。亦借指诏书。古代写诏书,内事用白麻纸,外事用黄麻纸。

[9]长生箓:道家长生的法术。

[10]夔龙:相传舜的二臣名。夔为乐官,龙为谏官。后用以喻指辅弼良臣。

鹧鸪天·禁痛余寒酒半醒

禁痛余寒酒半醒。蒲萄[1]力软被愁侵。鲤鱼不寄江南信,绿尽菖蒲春水深。

疑梦断,怆离襟。重帘复幕静愔愔[2]。赤阑干外梨花雨,还是去年寒食[3]心。

注释

[1]蒲萄:葡萄。
[2]愔愔:幽深寂静的样子。
[3]寒食:节日名,在清明前一日或二日。

鹧鸪天·芳树阴阴脱晚红

芳树[1]阴阴[2]脱晚红。余香不断玉钗[3]风。薄情夫婿花相似,一片西飞一片东。

金翡翠[4],绣芙蓉[5]。从教纤媚[6]笑床空。揉蓝衫子[7]休无赖,只与离人结短封[8]。

注释

[1]芳树:泛指佳木、花木。

[2]阴阴:指荫蔽覆盖。

[3]玉钗:玉制的钗,由两股合成,燕形。

[4]金翡翠:有翡翠鸟图样的帷帐或罗罩。

[5]绣芙蓉:绣有图案的芙蓉帐。

[6]纤媚:纤细美好。

[7]揉蓝衫子:蓝草汁染的湛蓝色衣衫,借指女子。宋秦观《南歌子·香墨弯弯画》:"揉蓝衫子杏黄裙,独倚玉阑无语、点檀唇。"

[8]短封:简短的书信。

鹧鸪天·小市桥弯更向东

小市桥弯更向东。便门长记旧相逢。踏青[1]会散秋千下,鬓影[2]衣香怯晚风。

悲往事,向孤鸿。断肠肠断旧情浓。梨花院落黄茅店[3],绣被春寒此夜同。

注释

[1]踏青:清明节前后郊野游览的习俗。旧时并以清明节为踏青节。
[2]鬓影:鬓发的影子。
[3]黄茅店:茅草盖的客店。

鹧鸪天·柳外东风不满旗

柳外东风不满旗,青裾[1]白面出疏篱。晒来打鼓侬吹笛,催送儿郎踏浪飞。

倾两耳,斗双螭[2]。家家春酒泻尖泥。侬今已是沧浪客[3],莫向尊前唱教池[4]。

注释

[1]青裾:青袍大襟。
[2]双螭:双螭玉佩。
[3]沧浪客:浪迹江湖的人。
[4]教池:古代苑囿中凿池习水战的水池。

鹧鸪天·白苎吴侬红颊儿

白苎[1]吴侬[2]红颊儿[3]。行歌[4]半是使君[5]诗。山茶处处春犹浅,灯市[6]人人夜不归。

拚剧饮,莫相违。皇恩往往下丹墀[7]。挥毫却对莲花炬,忆着苹洲秉烛时。

注释

[1]白苎:词牌名,又名"白苎歌"。
[2]吴侬:吴地自称曰我侬,称他人也多用"侬"字,故以"吴侬"指吴人。
[3]红颊儿:指歌妓。宋苏试《岐亭五首》:"家有红颊儿,能唱绿头鸭。"
[4]行歌:边行走边歌唱。
[5]使君:对州郡长官的尊称。
[6]灯市:民间布各种奇巧灯彩应市,称为"灯市"。唐代始,正月十五夜张灯,至宋代臻于极盛。
[7]丹墀:古代宫殿前的石阶,涂上红色,叫作丹墀。

浣溪沙·浅画香膏拂紫绵

浅画香膏拂紫绵,牡丹花重翠云[1]偏。手挼[2]梅子并郎肩。

病起心情终是怯,困来模样不禁怜。旋移针线小窗前。

注释

[1]翠云:形容妇女头发乌黑浓密。
[2]挼:揉搓。

浣溪沙·香雾空蒙堕彩蟾

香雾[1]空蒙堕彩蟾[2],倾城催映出重帘[3]。□□银烛夜厌厌[4]。

何物与侬供醉眼,半黄梅子带红盐[5]。粉融香润玉纤纤。

注释

[1]香雾:香气。
[2]彩蟾:传说月中有蟾蜍,因用以借指月宫。
[3]重帘:一层层帘幕。
[4]夜厌厌:夜漫长。
[5]红盐:食盐的一种。宋苏试《橄榄》:"纷纷青子落红盐,正味森森苦且严。"

浣溪沙·淡墨花枝掩薄罗

淡墨花枝掩薄罗[1],嫩蓝裙子窣[2]湘波。水晶新样碾[3]风荷。

问着似羞还似恶,恼来成笑不成歌。芙蓉帐里奈君可。

注释

[1]薄罗:轻柔的丝织品。
[2]窣:细小的声音。
[3]碾:压平。

浣溪沙·短烛荧荧照碧窗

短烛荧荧照碧窗[1],重重帘幕[2]护梨霜[3]。幽欢不怕夜偏长。

罗袜钿钗红粉醉,曲屏深幔绿橙香。征鸿[4]离远断人肠。

注释

[1]碧窗:绿色的纱窗。"碧纱窗"的省称。唐李白《寄远》之八:"碧窗纷纷下落花,青楼寂寂空明月。"

[2]帘幕:用于门窗处的帘子与帷幕。唐杜牧《题宣州开元寺水阁》:"深秋帘幕千家雨,落日楼台一笛风。"

[3]梨霜:梨花。因梨花色白如霜,故名。唐韩偓《别绪》:"菊露凄罗幕,梨霜恻锦衾。"

[4]征鸿:远飞的大雁。南朝梁江淹《赤亭渚》:"远心何所类,云边有征鸿。"

浣溪沙·小院春来百草青

小院春来百草青，拂墙[1]桃李已飘零。绝知春意总无凭。

卢女嫁时终薄命，徐娘[2]身老谩多情。洗香吹粉转娉婷[3]。

注释

[1]拂墙：来回晃动。唐元稹《莺莺传》："拂墙花影动，疑是玉人来。"

[2]徐娘：原指南朝梁元帝妃徐昭佩，《南史·后妃传下·梁元帝徐妃》："徐娘虽老，犹尚多情。"后用来指风韵犹存的中年妇女。

[3]娉婷：姿态美好。后用来指风韵犹存的中年妇女。唐柳宗元《韦道安》："货财足非怪，二女皆娉婷。"

浣溪沙·窗纸幽幽不肯明

窗纸幽幽不肯明,寒更忍作断肠声。背人残烛却多情。

合下[1]心期[2]唯有梦,如今魂梦也无凭。几行闲泪莫纵横[3]。

注释

[1]合下:本来,原来。《朱子全书·大学二》:"'大学之道,在明明德',谓人合下便有此明德。"

[2]心期:相思。宋晏几道《采桑子》:"心期昨夜寻思遍,犹负殷勤,齐斗堆金,难买丹诚一寸真。"

[3]纵横:指泪流满面。唐杜甫《羌村三首》:"请为父老歌,艰难愧深情。歌罢仰天叹,四座泪纵横。"

浣溪沙·罨画溪头春水生

罨画溪[1]头春水生,铜官山[2]外夕阳明。暖风[3]无力小舟横。

万事悠悠生处熟,三杯兀兀[4]醉时醒。杏花杨柳更多情。

注释

[1]罨画溪:溪名,在浙江长兴县。色彩鲜明的绘画。唐秦韬玉《送友人罢举除南陵令》:"花明驿路燕脂暖,山入江亭罨画开。"

[2]铜官山:山名,在江苏省宜兴市。

[3]暖风:和暖的风。唐韩愈《奉和兵部张侍郎》:"暖风抽宿麦,清雨卷归旗。"

[4]兀兀:昏昏沉沉。宋苏轼《郑州别后马上寄子由》:"不饮胡为醉兀兀,此心已逐归鞍发。"

浣溪沙·桥北桥南新雨晴

　　桥北桥南新雨晴,柳边花底暮寒轻。万家灯火照溪明。

　　凫舄[1]差池官事了,木山[2]彩错[3]市人惊。街头酒贱唱歌声。

注释

　　[1]凫舄:会飞的仙鞋,后借指官员。南朝梁沈约《善馆碑》:"霓裳不反,凫舄忘归。"

　　[2]木山:枯木做的盆景。

　　[3]彩错:谓色彩交错。唐沈佺期《自昌乐郡溯流至白石岭下行入郴州》:"乳窦何淋漓,苔藓更彩错。"

临江仙·枕帐依依残梦

枕帐依依残梦,斋房[1]忽忽余酲[2]。薄衣团扇绕阶行。曲阑幽树,看得绿成阴。

檐雨[3]为谁凝咽,林花似我飘零。微吟休作断肠声。流莺[4]百啭,解道[5]此时情。

注释

[1]斋房:斋戒的居室,常指书房、学舍。唐沈佺期《峡山寺赋序》:"斋房浴堂,渺在云汉。"

[2]余酲:宿酒未退,尚有醉意。唐刘禹锡《和牛相公题姑苏所寄太湖石兼寄李苏州》:"烦热近还散,余酲见便醒。"

[3]檐雨:屋檐滴落的雨水。唐杜甫《秦州杂诗》之十七:"檐雨乱淋幔,山云低度墙。"

[4]流莺:莺鸣声婉转。南朝梁沈约《八咏诗·会圃临东风》:"舞春雪,杂流莺。"

[5]解道:懂得,知道。唐张籍《凉州词》:"边将皆承主恩泽,无人解道去凉州。"

临江仙·四海十年兵不解

四海十年兵不解[1],胡尘[2]直到江城[3]。岁华销尽客[4]心惊。疏髯[5]浑[6]似雪,衰涕[7]欲生冰。

送老虀盐[8]何处是,我缘应在吴兴[9]。故人相望若为情[10]。别愁深夜雨,孤影小窗灯。

注释

[1]兵不解:指战争未结束。
[2]胡尘:胡人兵马扬起的沙尘。唐白居易《法曲》:"以乱干和天宝末,明年胡尘犯宫阙。"
[3]江城:指建康,今江苏省南京市。
[4]客:词人自指。
[5]疏髯:稀疏的胡须。唐耿湋《秋晚卧疾寄司空拾遗曙卢少府纶》:"寒几坐空堂,疏髯似积霜。"

[6]浑:全。
[7]衰涕:老泪。
[8]虀盐:原指切碎了的腌菜。此处指平淡的生活。
[9]吴兴:在今浙江省湖州市。
[10]若为情:如何为情,难为情。

临江仙·老屋风悲脱叶

老屋[1]风悲脱叶,枯城[2]月破浮烟[3]。谁人惨惨[4]把忧端[5]。蛮歌[6]犯星[7]起,重觉在天边。

秋色巧摧愁鬓,夜寒偏着重裘。不知桂影为谁圆。何须照床里,终是一人眠。

注释

[1]老屋:旧居。

[2]枯城:犹空城,指古城遗址。唐陈子昂《感遇》之十二:"谁见枯城蘖,青青成斧柯。"

[3]浮烟:飘动的烟气或云雾。唐司空曙《云阳馆与韩绅宿别》:"孤灯寒照雨,湿竹暗浮烟。"

[4]惨惨:忧闷,忧愁。唐戴叔伦《边城曲》:"胡笳听彻双泪流,羁魂惨惨生边愁。"

[5]忧端:愁绪。唐杜甫《自京赴奉先县咏怀五百字》:"忧端齐终南,澒洞不可掇。"

[6]蛮歌:南方少数民族的歌。唐皇甫松《浪淘沙》之二:"蛮歌豆蔻北人愁,松雨蒲风野艇秋。"

[7]犯星:犯天星,古时自己的命和天星相煞,为不吉。天星是二十四星宿之一。

减字木兰花·阆风玄圃

阆风[1]玄圃[2]。阳羡[3]溪头山好处。郁郁匆匆。胜日尊罍[4]笑语中。

十分芳酒。鹤发[5]初生千万寿。乐事年年。弟劝兄酬阿母[6]前。

注释

[1]阆风:即阆风巅。《楚辞·离骚》:"朝吾将济于白水兮,登阆风而绁马。"王逸注:"阆风,山名,在昆仑之上。"

[2]玄圃:又称悬圃,传为神仙所居,在昆仑山顶,后泛指仙境。《楚辞·天问》:"昆仑悬圃,其凥安在?"王逸注:"昆仑,山名也,其巅曰悬圃,乃上通于天也。"

[3]阳羡:古县名,治今江苏省宜兴市西南。

[4]尊罍:泛指酒器。宋周邦彦《红罗袄·秋悲》:"念取东垆,尊罍虽近;采花南浦,蜂蝶须知。"

[5]鹤发:白发。唐刘希夷《代悲白头翁》:"宛转娥眉能几时,须臾鹤发乱如丝。"

[6]阿母:母亲。《玉台新咏·古诗为焦仲卿妻作》:"府吏得闻之,堂上启阿母。"

清平乐·枕边清血

枕边清血[1],梦好离肠[2]切[3]。笑倚柳条同挽结[4],满眼河桥烟月。

莺啼新晓璁珑,罗窗[5]寂寞春空。只许梦魂相近,此生枉是相逢。

注释

[1]清血:眼泪。唐杜牧《杜秋娘》:"清血洒不尽,仰天知问谁?"

[2]离肠:满怀离愁的心肠。唐武元衡《南徐别业早春有怀》:"虚度年华不相见,离肠怀土并关情。"

[3]切:深切。

[4]挽结:编结,系结,打结。

[5]罗窗:绢罗做的纱窗。唐李商隐《题二首后重有戏赠任秀才》:"一丈红蔷拥翠筠,罗窗不识绕街尘。"

虞美人·踏车不用青裙女

踏车[1]不用青裙[2]女,日夜歌声苦。风流墨绶[3]强跻攀[4],唤起潜蛟飞舞、破天悭[5]。

公庭[6]休更重门掩,细听催诗点[7]。一尊已咏北窗风,卧看雪儿纤手、剥莲蓬。

注释

[1]踏车:踩踏水车。宋王安石《山田久欲拆》:"妇女喜秋凉,踏车多笑语。"

[2]青裙:青布裙子,古代平民妇女的服装。宋苏轼《赵昌寒菊》:"轻肌弱骨散幽葩,真是青裙两髻丫。"

[3]墨绶:结在印钮上的黑色丝带,后作为县官及其职权的象征。唐岑参《送宇文舍人出宰元城》:"县花迎墨绶,关柳拂铜章。"

[4]跻攀:攀登。唐杜甫《白水县崔少府十九翁高斋三十韵》:"清晨陪跻攀,傲睨俯峭壁。"

[5]天悭:上天给予的磨难。

[6]公庭:朝堂或公堂。唐王勃《梓州玄武县福会寺碑》:"怀道术于百龄,接风期于四海,依然梵宇欣象,教之将行莞尔公庭,惜牛刀之遂屈。"

[7]催诗点:雨点。唐杜甫《陪诸贵公子丈八沟携妓纳凉晚际遇雨二首》其一:"公子调冰水,佳人雪藕丝。片云头上黑,应是雨催诗。"后人因用催诗点指雨点。

虞美人·小山戢戢盆池浅

小山戢戢[1]盆池[2]浅,芳树阴阴转。红阑干上刺蔷薇,蝴蝶飞来飞去、两三枝。

绣裙斜立腰肢困,翠黛[3]萦[4]新恨。风流踪迹使人猜,过了斗鸡时节[5]、合[6]归来。

注释

[1]戢戢:密集貌。唐于鹄《过凌霄洞天谒张先生祠》:"戢戢乱峰里,一峰独凌天。"

[2]盆池:埋盆于地,引水灌注而成的小池。唐皮日休《寒日书斋即事》:"盆池有鹭窥苹沫,石版无人扫桂花。"

[3]翠黛:眉的别称。古代女子用螺黛画眉。唐杜甫《陪诸贵公子丈八沟携妓纳凉晚际遇雨二首》其二:"越女红裙湿,燕姬翠黛愁。"

[4]萦:围绕,缠绕。

[5]斗鸡时节:指清明时节。斗鸡,一种以鸡相斗决胜负的游戏形式,相传始于春秋战国时期。后人们发现,自清明至夏至,雄鸡性情最烈,两鸡搏斗也最为激烈,清明斗鸡便逐渐演绎成俗。唐陈鸿《东城父老传》:"玄宗在藩邸时,乐民间清明斗鸡戏。"

[6]合:应该,就会。

虞美人·绿阴满院帘垂地

绿阴满院帘垂地,落絮萦香砌[1]。池光[2]不定药栏低,闲并一双鸂鶒、没人时。

旧欢[3]黯黯[4]成幽梦[5],帐卷金泥[6]重。日虹[7]斜处暗尘飞,脉脉[8]小窗孤枕、镜花[9]移。

注释

[1]香砌:庭院中用砖石砌成的花池子,可以养花种竹,又称庭砌。宋孙光宪《菩萨蛮》:"月华如水笼香砌,金环碎撼门初闭。"

[2]池光:池水的水面。唐元稹《梦游春七十韵》:"池光漾霞影,晓日初明煦。"

[3]旧欢:昔日的欢乐。唐温庭筠《更漏子》:"春欲暮,思无穷,旧欢如梦中。"

[4]黯黯:沮丧。唐韦应物《寄李儋元锡》:"世事茫茫难自料,春愁黯黯独成眠。"

[5]幽梦：忧愁的梦。唐杜牧《郡斋独酌》："寻僧解幽梦，乞酒缓愁肠。"

[6]金泥：以水银和金粉为泥，作泥金的纸帖，也作封印。宋周邦彦《风流子》之一："泪花销凤蜡，风幕卷金泥。"

[7]日虹：即虹。唐李贺《贾公闾贵婿曲》："燕语踏帘钩，日虹屏中碧。"

[8]脉脉：凝视貌。汉佚名《古诗十九首·迢迢牵牛星》："盈盈一水间，脉脉不得语。"

[9]镜花：指菱花镜。北周庾信《梦入堂内》："日光钗焰动，窗影镜花摇。"

虞美人·越罗巧画春山叠

（曹申甫以着色山水小景作短制，思极萧散方倅，袭明邀予为咏）

越罗[1]巧画春山叠，个里融香雪[2]。满身空翠[3]不胜寒，恰似那回偷印、小眉山。

青骢[4]油壁[5]西陵[6]下，仿佛当时话。而今眼底是高唐[7]，拂拂[8]淡云疏雨、断人肠。

注释

[1]越罗：越地产的丝织品。唐杜甫《后出塞五首》："越罗与楚练，照耀舆台躯。"

[2]香雪：白色的花。唐韩偓《和吴子华侍郎令狐昭化舍人叹白菊衰谢之绝次用本韵》："正怜香雪披千片，忽讶残霞覆一丛。"

[3]空翠：指青色、潮湿的雾气。唐王维《山中》："山路元无雨，空翠湿人衣。"

[4]青骢：毛色青白相杂的骏马。汉佚名《玉台新咏·古诗为焦仲卿妻作》："踯躅青骢马，流苏金镂鞍。"

[5]油壁：即油壁车，古人乘坐的一种车子，因车壁用油涂饰而得名。唐李商隐《木兰诗》："紫丝何日障，油壁几时车。"

[6]西陵：陵墓名。南朝齐钱塘名妓苏小小的墓。唐罗隐《江南行》："西陵路边月悄悄，油壁轻车苏小小。"

[7]高唐：战国时楚国台观名。在云梦泽中。传说楚襄王游高唐，梦见巫山神女，幸之而去。楚宋玉《高唐赋》序："昔者楚襄王与宋玉游于云梦之台，望高唐之观。"

[8]拂拂：风轻轻地吹动。唐李贺《舞曲歌辞·章和二年中》："云萧索，风拂拂，麦芒如彗黍如粟。"

渔家傲·宝瑟尘生郎去后

宝瑟[1]尘生郎去后,绿窗[2]闲却春风手。浅色宫罗[3]新就。晴时后,裁缝细意[4]花枝斗[5]。

象尺[6]熏炉[7]移永昼[8],粉香浥浥[9]蔷薇透。晚景看来常似旧。沈吟久,个侬[10]争得知人瘦。

注释

[1]宝瑟:瑟的美称。唐刘兼《芳春》:"宝瑟不能邀卓氏,彩毫何必梦江淹。"

[2]绿窗:绿色纱窗,指女子居室。唐李绅《莺莺歌》:"绿窗娇女字莺莺,金雀娅鬟年十七。"

[3]宫罗:较薄的丝织品。宋周密《一斛珠》:"忆忆忆忆。宫罗褶褶消金色。"

[4]细意:琐屑隐微。唐杜甫《白丝行》:"美人细意熨帖平,裁缝灭尽针线迹。"

[5]花枝斗:开在花枝上的花,争奇斗艳。

[6]象尺:象牙尺。宋寇准《点绛唇》:"象尺熏炉,拂晓停针线。"

[7]熏炉:古时用来熏香和取暖的炉子。宋周邦彦《丁香结》:"宝幄香缨,熏炉象尺,夜寒灯晕。"

[8]永昼:指漫长的白天。唐姚合《寄陕府内兄郭冏端公》:"永昼吟不休,咽喉干无声。"

[9]浥浥:湿润,浓郁。宋苏轼《台头寺步月得人字》:"浥浥炉香初泛夜,离离花影欲摇春。"

[10]个侬:这人,那人。唐韩偓《赠渔者》:"个侬居处近诛茅,枳棘篱兼用荻梢。"

南歌子·凤罂飞醇酎

凤罂[1]飞醇酎[2],龙筵喷异香。又还仁祝延长。正对金风玉露[3]、爽秋光。

一种庄椿[4]老,五椴仙桂芳[5]。当年天产窦家郎。须信来春同此、赋高唐[6]。

注释

[1]凤罂:铸有凤鸟的酒器。
[2]醇酎:醇厚的美酒。五代王定保《唐摭言·阴注阳受》:"复置醇酎数斗于侧,其人以巨杯引满而饮。"
[3]金风玉露:秋风秋露。亦借指秋天。南朝齐谢朓《泛水曲》:"玉露沾翠叶,金风鸣素枝。"
[4]庄椿:祝人长寿之词。《庄子·逍遥游》:"上古有大椿者,以八千岁为春,八千岁为秋。"后遂以"椿岁"等指大椿的年岁。用"庄椿"祝人长寿。
[5]五椴仙桂芳:指窦禹钧的五个儿子。五代冯道《赠窦十》:"燕山窦十郎,教子有义方。灵椿一株老,丹桂五枝芳。"
[6]高唐:指宋玉《高唐赋》,此处指赋诗。

南歌子·爱日烘晴书

爱日[1]烘晴书,轻寒[2]护晓霜。小春庭院绕天香[3]。仙风珊珊来自、五云乡[4]。

庭下芝兰秀[5],壶中日月[6]长。要看发绿与瞳方[7]。一笑人间千岁、饮淋浪[8]。

注释

[1]爱日:冬日。《左传·文公七年》:"赵衰,冬日之日也。"杜预注:"冬日可爱。"后因称冬日为爱日。亦常比喻恩德。唐骆宾王《在江南赠宋之问》:"温辉凌爱日,壮气惊寒水。"

[2]轻寒:微寒。南朝梁简文帝《与萧临川书》:"零雨送秋,轻寒迎节。江枫晓落,林叶初黄。"

[3]天香:芳香。唐李白《庐山东林寺夜怀》:"天香生空虚,天乐鸣不歇。"

[4]五云乡:仙人居住的地方。前蜀徐太妃《丈人观》:"不羡乘鸾入烟雾,此中便是五云乡。"

［5］芝兰秀：芝和兰，两种香草。唐杨炯《唐恒州刺史建昌公王公神道碑》："芝兰有秀，羔雁成行。"

［6］壶中日月：道家悠闲清静的无为生活。唐李白《下途归石门旧居》："何当脱屣谢时去，壶中别有日月天。"

［7］瞳方：即方瞳，方形的瞳孔。古人认为长寿之相。唐李白《游泰山六首》之二："山际逢羽人，方瞳好容颜。"

［8］淋浪：尽情畅快地酣饮。宋王安石《信州回车馆中作》之二："山木漂摇卧弋阳，因思太白夜淋浪。"

南歌子·午夜添红蜡

午夜添红蜡[1],分曹[2]立翠娥[3]。觥筹[4]寂寂[5]断经过。谁料绮丛[6]香里、是银河。

老去空髯戟[7],愁来奈脸波[8]。一杯如此断肠何。枉杀两人心事、只闻歌。

注释

[1]红蜡:红烛。唐皮日休《春夕酒醒》:"夜半醒来红蜡短,一枝寒泪作珊瑚。"

[2]分曹:分对。犹两两。《楚辞·招魂》:"分曹并进,道相迫些。"王逸注:"曹,偶。言分曹列偶,并进技巧。"

[3]翠娥:美女。唐李白《忆旧游寄谯郡元参军》:"翠娥婵娟初月晖,美人更唱舞罗衣。"

[4]觥筹:酒杯和酒筹。唐罗邺《冬日寄献庾员外》:"却思紫陌觥筹地,

兔缺乌沉欲半年。"

　　[5]寂寂:孤单,冷落。三国魏曹植《释愁文》:"寂寂长夜,或群或党,去来无方,乱我精爽。"

　　[6]绮丛:绮罗丛,意思是富贵者丛集之处。唐冯贽《云仙杂记·窃花》:"霍定与友生游曲江,以千金募人窃贵侯亭榭中兰花插帽,兼自持往绮罗丛中卖之。"

　　[7]髯戟:须髯张开如戟。《南史·褚裕之列传》:"公主谓曰:君须髯戟,何无丈夫意?彦回曰:回虽不敏,何敢首为乱阶。"

　　[8]脸波:借指泪光。前蜀韦庄《汉州诗》:"十日醉眠金雁驿,临岐无限脸波横。"

南歌子·献鲤荣今日

献鲤荣今日[1],凭熊瑞此邦[2]。年年寿酒乐城隍。共道使君[3]椿树[4]、似甘棠[5]。

歌舞重城[6]晓,从容燕席[7]凉。不须苏合[8]与都梁[9]。风外荷花无数、是炉香。

注释

[1]献鲤荣今日:鲁昭公祝贺孔子有了儿子,送了一条大鲤鱼来祝贺,孔子感到很荣耀,于是为儿子取名孔鲤,字伯鱼。《史记·周本纪》有周朝之兴有鸟、鱼之瑞的记载。作为周王室的后裔,鲁国一直保留着这种生儿子送鲤鱼的习俗。

[2]凭熊瑞此邦:指"飞熊入梦"典故。据西汉司马迁《史记·齐太公世家》记载,周文王夜梦飞熊而得太公望兴周。后比喻圣主得贤臣的征兆。

[3]使君:州郡长官的尊称。唐张籍《苏州江岸留别乐天》:"莫忘使君吟咏处,汝坟湖北武丘西。"

[4]椿树:喻长寿。《庄子·逍遥游》:"上古有大椿者,以八千岁为春,八千岁为秋。"

[5]甘棠:即棠梨。《诗经·召南·甘棠》:"蔽芾甘棠,勿翦勿伐,召伯所茇。"陆玑疏:"甘棠,今棠梨,一名杜梨。"

[6]重城:指城市。宋柳永《采莲令》:"更回首、重城不见,寒江天外,隐隐两三烟树。"

[7]燕席:宴席,酒席。唐韩愈《感春》之三:"心怀平生友,莫一在燕席。"

[8]苏合:即苏合香。《太平御览》卷九八二引晋郭义恭《广志》:"苏合出大秦,或云苏合国。人采之,笮(榨)其汁以为香膏,卖滓与贾客。或云合诸香草,煎为苏合,非自然一种也。"

[9]都梁:亦称"都梁香",泽兰的别名。北魏郦道元《水经注·资水》:"县(都梁县)西有小山,山上有淳水,既清且浅,其中悉生兰草……俗谓兰为都梁。"

▶ 陈克词集注

南歌子·北固烟中寺

北固[1]烟中寺,西津[2]雨后山。看公英气两眉间。如在林霏[3]、江月袭人寒。

展翼声名久,占熊[4]福艾全。风流不是地行仙[5]。好去鞭笞鸾凤[6]、紫微天[7]。

注释

[1]北固:北固山,临海城内北固山。

[2]西津:临海城西,朝天门外码头的上津渡。

[3]林霏:树林中的云气。宋欧阳修《醉翁亭记》:"夫日出而林霏开,云归而岩穴暝。"

[4]占熊:即熊占。古人认为梦熊为生男孩之兆。《诗·小雅·斯干》:"乃寝乃兴,乃占我梦。吉梦维何?维熊维罴。"又:"大人占之,维熊维罴,男子之祥。"郑玄笺:"熊罴在山,阳之祥也,故为生男。"

109

[5]地行仙:《楞严经》中所记的一种长寿的神仙,后因以喻高寿或隐逸闲适的人。宋苏轼《乐全先生生日以铁拄杖为寿》之一:"先生真是地行仙,住世因循五百年。"

[6]鸾凤:鸾鸟和凤凰,喻贤良之人。汉贾谊《吊屈原文》:"鸾凤伏窜兮,鸱枭翱翔。"

[7]紫微天:即紫微垣。星官名,三垣之一。唐杜甫《秋日荆南送薛明府辞满告别奉寄薛尚书之作三十韵》:"紫微临六角,皇极正乘舆。"

陈克词集注

南歌子·云里千山暖

云里千山暖,溪头八月凉。华簪[1]霭霭[2]待萱堂[3]。羡子怀中双橘、半青黄。

老去齐眉案[4],闲来坦腹床[5]。相如[6]何日从长杨[7]。惭愧年年高会、索槟榔[8]。

注释

[1]华簪:华贵的冠簪。古人用簪把冠连缀在头发上。华簪为贵官所用,故常用以指显贵的官职。晋陶渊明《和郭主簿》之一:"此事真复乐,聊用忘华簪。"

[2]霭霭:和蔼可亲。

[3]萱堂:母亲。《诗经·卫风·伯兮》:"焉得谖草,言树之背。"毛传:"谖草令人忘忧;背,北堂也。"陆德明释文:"谖,本又作萱。"谓北堂树萱,可以令人忘忧。古制,北堂为主妇之居室。后因以"萱堂"指母亲的居室,并借以指母亲。

[4]齐眉案:"举案齐眉"出自《后汉书·梁鸿传》,说的是名士梁鸿每次归家,妻子孟光都准备好食物,并将食案举到和眉毛齐平的位置。这里的

111

"案"指的是一种盛放食物的有脚托盘。

[5]坦腹床:王羲之坦腹东床之典故。后喻女婿。南朝宋刘义庆《世说新语·雅量》:"王家诸郎,亦皆可嘉,闻来觅婿,或自矜持,唯有一郎在东床上,坦腹卧,如不闻。"

[6]相如:司马相如。汉赋"四大家"之一。

[7]长杨:长杨宫的省称。汉扬雄《长杨赋》:"振师五柞,习马长杨。"

[8]索槟榔:指白吃酒席。

南歌子·胜日萱庭小

胜日[1]萱庭小,西风[2]橘柚长。天怜扇枕[3]彩衣郎[4]。乞与淡云纤月、十分凉。

潋滟[5]三危[6]雾,氤氲[7]百濯香。年来椿树更苍苍。不用蓝桥[8]辛苦、捣玄霜[9]。

注释

[1]胜日:指亲友相聚的日子。《晋书·卫玠传》:"及长,好言玄理……遇有胜日,亲友时请一言,无不咨嗟,以为入微。"

[2]西风:秋风。

[3]扇枕:指"扇枕温席"这一孝亲的典故。汉刘珍《东观汉记·黄香传》:"父况……贫无奴仆。香躬执勤苦,尽心供养。冬无被袴而亲极滋味,暑即扇床枕,寒即以身温席。"

[4]彩衣郎:指"彩衣娱亲"这一孝养父母的典故。汉刘向《列女传》:"老莱子孝养二亲,行年七十,婴儿自娱,着五色彩衣,尝取浆上堂,跌仆,因卧地为小儿啼,或弄鸟乌于亲侧。"

[5]潋滟:水波荡漾的样子。

113

[6]三危：远古神话传说中，三危山是西王母与三青神鸟居住的地方。东晋陶渊明《读山海经十三首》其五："翩翩三青鸟，毛色奇可怜。朝为王母使，暮归三危山。"

[7]氤氲：烟云弥漫。唐张九龄《湖口望庐山瀑布泉》："灵山多秀色，空水共氤氲。"

[8]蓝桥：桥名。在陕西省蓝田县东南蓝溪之上。相传其地有仙窟，为唐裴航遇仙女云英处。唐裴铏《传奇·裴航》："蓝桥便是神仙窟，何必崎岖上玉清。"

[9]玄霜：传说的一种仙药。唐裴铏《传奇·裴航》："一饮琼浆百感生，玄霜捣尽见云英。"

南歌子·画幛经梅润

画幛经梅润[1],罗衣尚麦寒。古苔苍石绿句栏[2]。帘外映花新竹、两三竿。

蠢蠢吴蚕卧[3],娉娉楚女闲。红阴[4]角子[5]共尝酸。肠断个侬憨态、小眉弯。

注释

[1]梅润:梅雨季节的潮湿空气。唐皮日休《吴中苦雨因书一百韵奇鲁望》:"梅润侵束杖,和气生空狱。"

[2]句栏:栏杆。唐齐己《送僧归南岳》:"岩猿应认得,连臂下句栏。"

[3]卧蚕:指形如卧蚕的眉毛。

[4]红阴:花阴。

[5]角子:偏于一隅的小室。唐张祜《容儿钵头》:"两边角子羊门里,犹学容儿弄钵头。"

南歌子·看月凭肩枨

看月凭肩枨[1],娇春枕臂眠。不尽花絮夜来寒。帐底浓香残梦、更缠绵。

起晚笼莺[2]怪,妆迟绣伴[3]牵。声声催唤药栏边。整髻收裙无力、上秋千。

注释

[1]枨:古代门两旁所竖的长木柱,用以防止车过触门。

[2]笼莺:养在笼子里的莺。唐白居易《孟夏思渭村旧居寄舍弟》:"井鲋思反泉,笼莺悔出谷。"

[3]绣伴:织绣的伙伴。唐白居易《绣妇叹》:"虽凭绣床都不绣,同床绣伴得知无?"

好事近·寻遍石亭春

寻遍石亭春,黯黯暮山明灭。竹外小溪深处,倚一枝寒月。

淡云疏雨[1]苦无情,得折便须折。醉帽[2]凤鬟[3]归去,有余香[4]愁绝[5]。

注释

[1]疏雨:常指春秋季稀疏的小雨。唐韩偓《疏雨》:"疏雨从东送疾雷,小庭凉气净莓苔。"

[2]醉帽:醉汉的帽子。

[3]凤鬟:指女子漂亮的头发。宋苏轼《洞庭春色赋》:"携佳人而往游,勒雾鬓与风鬟。"

[4]余香:残留的香气。唐李商隐《过伊仆射旧宅》:"幽泪欲干残菊露,余香犹入败荷风。"

[5]愁绝:极端忧愁。唐杜甫《自京赴奉先县咏怀五百字》:"沉饮聊自遣,放歌颇愁绝。"

谒金门·花满院

　　花满院,飞去飞来双燕[1]。红雨[2]入帘寒不卷,晓屏山六扇[3]。

　　翠袖玉笙[4]凄断,脉脉[5]两蛾[6]愁浅。消息不知郎近远,一春长梦见。

注释

　　[1]双燕:春燕筑巢双进双出。唐杜甫《双燕》:"旅食惊双燕,衔泥入此堂。"

　　[2]红雨:落花。唐李贺《将进酒》:"况是青春日将暮,桃花乱落如红雨。"

　　[3]晓屏山六扇:画有山水画的六扇屏风。

　　[4]翠袖玉笙:吹奏玉笙的女子。宋苏轼《菩萨蛮》:"玉笙不受朱唇暖,离声凄咽胸填满。"

　　[5]脉脉:凝视。汉佚名《古诗十九首·迢迢牵牛星》:"盈盈一水间,脉脉不得语。"

　　[6]两蛾:指美女的两眉,借指美女。唐陈子昂《感遇》之十二:"瑶台倾巧笑,玉杯殒双蛾。"

谒金门·柳丝碧

柳丝碧,柳下人家寒食。莺语[1]匆匆花寂寂[2],玉阶[3]春藓湿。

闲凭薰笼无力,心事有谁知得?檀炷[4]绕窗灯背壁[5],画檐[6]残雨滴。

注释

[1]莺语:莺的啼鸣声。晋孙绰《兰亭》之二:"莺语吟修竹,游鳞戏澜涛。"

[2]花寂寂:花无声开放。唐朱庆馀《宫词》:"寂寂花时闭院门,美人相并立琼轩。"

[3]玉阶:台阶。唐程长文《相和歌辞·雀台怨》:"玉阶寂寂坠秋露,月照当时歌舞处。"

[4]檀炷:燃着的檀香。前蜀杜光庭《飞龙唐裔仆射受正一箓词》:"兰灯夜烛于九冥,檀炷晨飞于三境。"

[5]背壁:投在墙上的背影。唐白居易《上阳白发人》:"耿耿残灯背壁影,萧萧暗雨打窗声。"

[6]画檐:有画饰的屋檐。唐郑嵎《津阳门》:"象床尘凝罨飒被,画檐虫网颇梨碑。"

谒金门·春草碧

春草碧,忆着去年寒食。白纻[1]红裙香□□,折花闹调客。

好在江南江北,燕子不传消息。醉眼[2]腾腾[3]羞面[4]赤,断肠侬记得。

注释

[1]白纻:乐府吴舞曲名。南朝宋鲍照《白纻歌》之五:"古称《渌水》今《白纻》,催弦急管为君舞。"

[2]醉眼:醉酒后迷糊的眼睛。唐杜甫《九日登梓州城》:"弟妹悲歌里,乾坤醉眼中。"

[3]腾腾:蒙眬迷糊。宋欧阳修《蝶恋花》:"半醉腾腾春睡重,绿鬟堆枕香云拥。"

[4]羞面:羞面见人,感到羞耻。南朝宋梁萧子显《南齐书·刘祥传》:"作如此举止,羞面见人,扇鄣何益?"

谒金门·罗帐薄

罗帐[1]薄,缥缈绮疏[2]飞阁[3]。红地团花金解络[4],香囊垂四角。

尽日[5]春风帘幕,谁见绿屏纤弱?云压枕函[6]钗自落,无端春梦恶。

注释

[1]罗帐:即罗帏,丝织帘幕。唐李白《春思》:"春风不相识,何事入罗帏。"

[2]绮疏:指雕刻成空心花纹的窗户。《后汉书·梁冀传》:"窗牖皆有绮疏青琐,图以云气仙灵。"

[3]飞阁:架空建筑的阁道;高阁。三国魏曹植《赠丁仪》:"凝霜依玉除,清风飘飞阁。"

[4]金解络:一种刺绣方法,用金色丝线绣饰的图案。唐元稹《桐花落》:"尾上稠叠花,又将金解络。"

[5]尽日:终日,整天。唐严恽《落花》:"尽日问花花不语,为谁零落为谁开。"

[6]枕函:中间可以藏物的枕头。唐司空图《杨柳枝寿杯词》之六:"偶然楼上卷珠帘,往往长条拂枕函。"

谒金门·愁脉脉

　　愁脉脉,目断[1]江南江北。烟树[2]重重芳信[3]隔,小楼山几尺。

　　细草孤云[4]斜日[5],一向弄晴[6]天色。帘外落花飞不得,东风[7]无气力。

注释

　　[1]目断:犹望断,一直望到看不见。唐丘为《登润州城》:"乡山何处是,目断广陵西。"
　　[2]烟树:云烟缭绕的树木、丛林。南朝宋鲍照《从登香炉峰》:"青冥摇烟树,穹跨负天石。"
　　[3]芳信:信的美称。唐白居易《祇役骆口驿喜萧侍御书至兼睹新诗吟讽通宵因寄八韵》:"忽惊芳信至,复与新诗并。"
　　[4]孤云:单独飘浮的云。唐李白《独坐敬亭山》:"众鸟高飞尽,孤云独去闲。"
　　[5]斜日:傍晚时西斜的太阳。南朝梁简文帝《纳凉》:"斜日晚骎骎,池塘生半阴。"
　　[6]弄晴:指呈现晴天。
　　[7]东风:春风。唐李商隐《无题·相见时难别亦难》:"相见时难别亦难,东风无力百花残。"

谒金门·春寂寂

春寂寂,绿暗[1]溪南溪北。溪水沉沉[2]天一色,鸟飞春树黑。

肠断小楼吹笛,醉里看朱成碧[3]。愁满眼前遮不得,可怜双鬓白。

注释

[1]绿暗:暮春时绿荫浓郁。唐韩琮《暮春浐水送别》:"绿暗红稀出凤城,暮云楼阁古今情。"

[2]沉沉:寂静无声或隐约传来悠远的声音。唐李商隐《河内》:"鼍鼓沉沉虬水咽,秦丝不上蛮弦绝。"

[3]看朱成碧:将红的看成绿的。唐李白《前有一樽酒行二首》:"催弦拂柱与君饮,看朱成碧颜始红。"

谒金门·春漏促

春漏[1]促,谁见两人心曲?罨画屏风银蜡烛[2],泪珠红蔌蔌[3]。

懊恼欢娱不足,只许梦中相逐。今夜月明何处宿?画桥[4]春水绿。

注释

[1]春漏:春日的更漏,指春夜。唐韦应物《听莺曲》:"还栖碧树锁千门,春漏方残一声晓。"

[2]银蜡烛:银色的蜡烛。

[3]蔌蔌:流动。指泪流不断。宋苏轼《贺新郎·夏景》:"共粉泪,两蔌蔌。"

[4]画桥:雕饰华丽的桥梁。南朝陈阴铿《渡岸桥》:"画桥长且曲,傍险复凭流。"

谒金门·深院静

深院静,尘暗曲房[1]凄冷。黄叶满阶风不定,无端吹酒醒。

露湿小园幽径,悄悄啼姑[2]相应。半被余熏[3]残烛影,夜长人独冷。

注释

[1]曲房:内室,密室。汉枚乘《七发》:"往来游宴,纵恣于曲房隐间之中。"
[2]啼姑:鸟的啼鸣。
[3]余熏:犹余香。

千秋岁·柏舟高躅

柏舟[1]高躅[2]。晚岁宜遐福[3]。门户壮,疏汤沐[4]。青袍[5]围白发,瑞锦[6]缠犀轴[7]。仙桂[8]长,交柯[9]却映蟠桃熟。

缥缈长生曲。入破笙箫逐。香雾薄,菲华屋[10]。玉钩凉月挂,水麝[11]秋蕖[12]馥。千万寿,酒中倒卧南山绿。

注释

[1]柏舟:柏木做的独木舟。《诗经·国风·邶风》:"泛彼柏舟,亦泛其流。"

[2]高躅:崇高的品行。《晋书·隐逸传赞》:"确乎群士,超然绝俗,养粹岩阿,销声林曲。激贪止竞,永垂高躅。"

[3]遐福:久远之福。南朝梁沈约《需雅》:"用拂腥膻和九谷,既甘且饫致遐福。"

[4]汤沐:沐浴。宋苏轼《送程建用》:"归来一笑粲,素发飒垂领。会看金花诏,汤沐奉朝请。"

[5]青袍:青色的袍子。汉无名氏《穆穆清风至》:"青袍似春草,长条随风舒。"

[6]瑞锦:唐代根据窦师纶绘图而织造的一种色彩绮丽的锦,以其绣有龙凤等瑞物,故名。唐杜甫《奉和严中丞西城晚眺十韵》:"花罗封蛱蝶,瑞锦送麒麟。"

[7]犀轴:饰有犀角的腰带。

[8]仙桂:月中有桂树,称之为"仙桂"。唐段成式《酉阳杂俎·天咫》:"旧言月中有桂、有蟾蜍,故异书言月桂高五百丈,下有一人常斫之,树创随合。"

[9]交柯:交错的树枝。唐杜甫《树间》:"交柯低几杖,垂实碍衣裳。"

[10]华屋:华美的屋宇,指朝会、议事的地方。《战国策·秦策一·苏秦始将连横》:"见说赵王于华屋之下。"

[11]水麝:麝的一种。宋王安石《自白土村入北寺》之一:"薄槿胭脂染,深荷水麝焚。"

[12]秋蕖:秋荷。

豆叶黄[1]·粉墙丹柱柳丝中

粉墙[2]丹柱[3]柳丝中,帘箔[4]轻明花影重。午醉醒来一面风。绿葱葱,几颗樱桃叶底红。

注释

[1]豆叶黄:词牌名。又名"忆王孙"等。

[2]粉墙:白灰粉刷过的墙。唐方干《新月》:"隐隐临珠箔,微微上粉墙。"

[3]丹柱:红漆的柱子。唐韩愈《谒衡岳庙遂宿岳寺题门楼》:"粉墙丹柱动光彩,鬼物图画填青红。"

[4]帘箔:以竹苇编成的帘子。唐白居易《北亭》:"前楹卷帘箔,北牖施床席。"

豆叶黄·树头初日鹁鸠鸣

树头初日鹁鸠[1]鸣,野店山桥新雨晴。短褐[2]无泥竹杖轻。水泠泠,梅片飞时春草青。

注释

[1]鹁鸠:鸟名。天将雨时其鸣甚急,俗称水鹁鸪。三国吴陆玑《毛诗草木鸟兽虫鱼疏·宛彼鸣鸠》:"鹁鸠,灰色,无绣项,阴则屏逐其匹,晴则呼之。语曰'天将雨,鸠逐妇'是也。"

[2]短褐:粗布短衣。《墨子·非乐上》:"昔者齐康公,兴乐万,万人不可衣短褐,不可食糟糠。"

豆叶黄·秋千人散小庭空

秋千人散小庭空,麝冷[1]灯昏愁杀侬。独有闲阶[2]两袖风[3]。月胧胧,一树梨花细雨中。

注释

[1]麝冷:麝香烧尽。五代顾夐《浣溪沙·红藕香寒翠渚平》:"宝帐玉炉残麝冷,罗衣金缕暗尘生,小窗孤烛泪纵横。"

[2]闲阶:犹言空阶。宋晏殊《清平乐》:"酒阑人散忡忡,闲阶独倚梧桐。"

[3]袖风:衣袖曳风。唐杜牧《长安杂题长句六首》:"晴云似絮惹低空,紫陌微微弄袖风。"

摊破浣溪沙[1]·鬖慢梳头浅画眉

鬖[2]慢梳头浅画眉。乱莺[3]残梦起多时。不道小庭花露湿,荼蘼[4]。

帘额[5]好风低燕子,窗油[6]晴日打蜂儿。翠袖粉笺[7]闲弄笔,写新诗。

注释

[1]摊破浣溪沙:词牌名。又名"山花子"等。
[2]鬖:发乱貌。引申为松散。
[3]乱莺:莺飞来飞去啼鸣。宋欧阳修《夜行船·满眼东风飞絮》:"手把金樽难为别,更那听、乱莺疏雨。"
[4]荼蘼:花名。本酒名。以花颜色似之,故取以为名。宋欧阳修《渔家傲·三月清明天婉娩》:"荼蘼压架清香散,花底一尊谁解劝。"
[5]帘额:帘子的上端。唐李贺《宫娃歌》:"寒入罘罳殿影昏,彩鸾帘额着霜痕。"
[6]窗油:窗沿。唐李商隐《赠子直花下》:"屏缘蝶留粉,窗油蜂印黄。"
[7]粉笺:粉红色的笺纸。

西江月·捣玉扬珠万户

捣玉扬珠万户,膴眉高髻[1]千峰。佳辰清寿黑头公[2],老稚[3]扶携欢动。

借问优游[4]黄倚,何如强健夔龙。羿舡一棹百分空,浇泼[5]胸中云梦。

注释

[1]高髻:即峨髻,指高高的发髻。《汉乐府·城中谣》:"城中好高髻,四方高一尺。"

[2]黑头公:指少年而居高位者,年少有为。唐韩翃《送李中丞赴商州》:"当年紫髯将,他日黑头公。"

[3]老稚:老人和小孩。宋苏轼《次前韵再送周正孺》:"遥知句溪路,老稚相扶拥。"

[4]优游:生活悠闲游乐。隋杨素《赠薛播州》之七:"栖迟茂陵下,优游沧海曲。"

[5]浇泼:畅饮。宋黄庭坚《晚泊长沙示秦处范度湛范元实温用寄明略和父韵》:"何用相浇泼,清江渌如酒。"